Franz von Pocci

Der Karfunkel

Volksdrama in drei Aufzügen

Franz von Pocci

Der Karfunkel
Volksdrama in drei Aufzügen

ISBN/EAN: 9783743426986

Hergestellt in Europa, USA, Kanada, Australien, Japan

Cover: Foto ©Andreas Hilbeck / pixelio.de

Manufactured and distributed by brebook publishing software (www.brebook.com)

Franz von Pocci

Der Karfunkel

Bibliothek
vaterländischer Schauspiele.

Franz Pocci.
F. A. Stocker.

II.

Der Karfunkel.

Der Vagabund.

Frick,
F. A. Stocker'sche Verlagshandlung.
1865.

Der Karfunkel.

Volksdrama

in drei Aufzügen,

von

Franz Pocci.

Für das schweiz. Volkstheater arrangirt

von

Jörg von End.

Frick,
F. A. Stocker'sche Verlagshandlung.
1865.

Der Karfunkel.
Volksdrama in drei Aufzügen.

Personen:

Michel, der Schloßbauer.
Katharina, seine Frau.
Martin, verabschiedeter Soldat.
Der Buchenbauer.
Lux (ein Jäger) der böse Dämon.
Moses Schmul, ein Jude.
Christen, der Nachtwächter.
Pater Niklaus, Kapuziner.
Der Waldhäusler.
Toni, dessen Sohn.
Peter, ein Vagabund.
Gerichtsdiener.
Röse, Kellnerin.
Gäste im Waldhäusli.
Knechte und Mägde des Schloßbauers.

(Zwischen dem ersten und zweiten Aufzuge liegt der Zeitraum eines Jahres, zwischen dem zweiten und britten, der einiger Monate.)

Erster Akt.

Erste Scene.
(Das Innere eines Dorfes. Morgendämmerung.)

Erster Auftritt.
Lux (in Jägertracht, die Feder auf dem Hut.)

Ein Jäger bin ich, der die Welt durchstreift;
Fürwahr! Doch jag' ich nur auf edles Wild,
Denn Menschenseelen such' ich zu erbeuten,
Bei Tag und Nacht forsch' ich nach ihren Spuren,
Dieweil Ihr sorglos wie das Reh im Wald
Euch wähnt, pirsch ich mich an, seid mir verfallen!
Wenn Ihr mich habt erblickt, ist's wohl zu spät,
Die Kugel aus dem Rohr — liegt Ihr getroffen!
Als Schlange kroch ich aus dem Paradies,
Dem ersten Menschenpaare zum Geleit,
Und winde mich, gar manigfach gestaltet
Auf Erden hin, bald so, bald so versuchend,
Und Netze spannend, einen Raub zu fah'n.
Habt Acht! — Ich selber sollt Euch zwar nicht warnen,
Denn mir liegt's d'ran, Euch alle zu umgarnen,
Und mein Beruf, ja mein Genuß ist Böses.
Doch weiß ich, daß, wenn' ich mich selbst Versucher,
Ihr dennoch oft verblendet folgt der Lockung;
Denn schwankend zwischen Gutem oder Bösem,
Zieht's Euch zu mir aus eignem innerm Drang.
Der erste Schritt genügt, der zweite, dritte

Und endlich letzte — sind der Kette Glieder,
Die mir zum Zweck gleich eh'rnen Fesseln dienen.
Wohlauf, ich stoß' in's Horn; bald wird es tagen!
Hussa, Holla, Holla! Auf, Lur, zum Jagen! (Ab.)

Zweiter Auftritt.

Der Nachtwächter Christen.

(Singt nach der bekannten Melodie.)

Loset was ich Euch will sagen!
Die Glocke hat Drei geschlagen!
Die Morgenstund' am Himmel schwebt,
Und wer im Frieden den Tag erlebt,
Dank' Gott und fasse frohen Muth,
Geh' an's Geschäft und — halt' sich gut!
Hat Drei geschlagen!

(Spricht.) Wenn der Hahn kräht und Alles im Dorf aufsteht, da darf sich einmal der arme Nachtwächter niederlegen auf den Strohsack. Komm' ich mir doch selber vor, als wäre ich der Mond, weil ich alle Nacht so herumspazieren muß, wie der am Himmel droben. Aber bei mir ist's immer im Abnehmen und zum Vollmondsgesicht werd' ich's mein Lebtag nie bringen, schauen mir Hunger und Noth wie die Sterne zu den Augen heraus. Heda! Wer kommt da aus dem Wirthshaus? Licht habe ich die ganze Nacht über im Herrenstübli durch's Fenster schimmern sehen; muß wieder so ein Fremder, windischer Commis-voyageur sein, denn es geschieht Gottlob noch selten bei uns, daß es bis zum hellen Tag hergeht, wenn nicht gerade Freinacht vom Amt bewilliget wird. (Hält den Spieß vor.) Holla, wer da?

Dritter Auftritt.

Nachtwächter Christen. Michel.

Michel. Gut Freund! Ich bin's.

Nachtwächter. He, der Schloßbauer! Woher denn so früh?

Michel. Früh am Tag, aber spät aus dem Wirthshaus; ich schäme mich beinah' ein wenig.

Nachtwächter. Das ist freilich etwas ganz Neues bei Euch. Schon bricht der Tag an und Ihr kommt erst vom Wirthshaus. Das ist ja unerhört für Einen, der kaum Sonn- und Feiertags zum Wein geht? Was wird die Schloßbäuerin sagen? Knecht' und Mägd' die werden Augen machen!

Michel. Hört Christen. Einmal ist keinmal! Wie ich gestern Abends so mit dem Heuen fertig wurde und die letzte Gabel voll auf den Wagen gegeben habe, so hat mich halt auch der Durst geplagt — der Tag war heiß, habe tüchtig geschanzt, daß mir das Wasser über und über heruntergelaufen ist; da laß' ich 's letzte Fuder von Thomas heimfahren und denk mir, nimmst heute einen guten Schoppen beim Wirth! — S' war kein Mensch in der Stube als der Buchenbauer, der Lump, der sein schönes Heimwesen versoffen hat. Hab' mich in Gottes Namen zu ihm an den Tisch gesetzt und ihm einen Schoppen einschenken lassen, damit ich Gesellschaft habe zum diskuriren.

Nachtwächter. Von dem habt Ihr wenigstens hören können, wie man's nicht treiben soll. Der ist das lebendige Beispiel, wie der Mensch Schritt für Schritt zu Grunde gehen kann.

Michel. Er dauert mich doch, der arme Kerl! Es geht ihm elend genug und hat nur einen guten Freund mehr im ganzen Dorf: den Branntwein!

Nachtwächter. Und der gute Freund brennt ihm auch noch das bischen Seel aus, das er im Leib hat.

Michel. Kurz — wir hocken kaum ein halb Stündlein am hintern Tisch beim Ofen, wo 's im Sommer hübsch kühl ist, so kommt ein Fremder herein, setzt sich gleich zu uns und läßt sich auch einen Schoppen geben und sagt: er sei ein vagirender Jäger; es thäte ihm aber nicht Noth, sobald wieder einen Platz zu suchen, denn er hätte seine Sache schon beieinander. Herrgott! Ist Euch aber das ein Kerl! hat schon die halbe Welt durchreist! Der kann Euch erzählen, Wächter, bis in die Nacht hinein. Und wir haben ihm so zugehört und sind so lustig geworden, daß wir ein gemüthliches Spiel zusammen probirt haben.

Nachtwächter. Ihr und spielen? Da muß ja die Welt untergeh'n, daß so etwas geschehen ist.

Michel. Ja! mein Lebtag hab' ich mich nicht so gut unterhalten! Denkt Euch, der Bursche hat Geld, daß Alles geklappert hat in seiner Waidtasche und haben nur um Fünferli gemacht und hab' ihm doch fünfzig Franken abgewonnen.

Nachtwächter. Paßt auf, Schloßbauer! Das könnte so ein Lockvogel sein für ein anderes Mal! Laßt Euer Gelüsten nicht zu groß werden am Gewinnen; Der hat Euch den Speck durchs Maul gezogen. Schaut, der Buchenbauer hat das Branntweintrinken auch nur glasweise angefangen und ist doch um Alles gekommen.

Michel. Hab' Du nur keinen Kummer für alte Schuhe. Mich kriegt Keiner d'ran, ich bin bombenfest! Aber jetzt muß ich machen, daß ich heim komme, bevor die andern aufstehen.

Nachtwächter. Ja macht nur, daß sie's nicht merken. Ich leg' mich jetzt auf's Stroh und will ein Paar Stündlein schlafen, ich verlerne ohnehin mit Nächstem das Schlafen ganz.

Michel. Da Wächter habt Ihr ein Fränklein von meinem Gewinn für Deine gute Lehre.

Nachtwächter. Danke schön. Thuts ohne das auch schon; geschenktes Spielgeld bringt kein Glück und meine Wassersuppe kann ich doch noch essen. Adies derweil!

Michel Wie Ihr wollt, Christen. Kann das Fränklein auch noch behalten, trag' nicht schwer daran. (Geht ab.)

(Verwandlung.)

Zweite Scene.

(Stube in des Schloßbauern Haus. Mittelthüre und Seiteneingang. Es ist Tag.)

Erster Auftritt.

Katharine (aufräumend, blickt bisweilen ängstlich zum Fenster hinaus.)

Katharine. Die ganze Nacht bis in den hellen Tag hinein! Das habe ich auch noch nicht erlebt mit ihm! Das erste Mal war's auf unserer Hochzeit und bann noch einmal, wie der neue Wirth aufgezogen ist, da sind wir auch bis zum Betzeitläuten geblieben; ich war aber dabei. — Und heut? Was muß denn besonders gewesen sein? Er hätt' mir's doch sagen lassen können, daß ich nicht bis Mitternacht passen muß und bann doch nicht schlafen kann; und in's Wirthshaus hab ich nicht schicken mögen, um ihn zu holen, der Leute wegen und der Michel braucht kein Mahnen. Wenn nur die Dienstboten nichts merken, daß er nicht heimgekommen ist! Er ist ja alleweil selber der Erste bei der Arbeit. Jetzt werden sie bald zum Morgenessen kommen.

Zweiter Auftritt.

Katharina. Knechte und Mägde (mit Rechen und Gabeln), nachher Michel.

Der Meisterknecht. Guten Tag Meisterin!

Katharine. Guten Tag, Leute! Geht nur in die Stube. Die Mehlsuppe steht schon auf dem Tisch. Der Meister kommt bald hinaus auf's Land.

Knechte und Mägde. Ist schon recht. (Gehen ab.)

Katharine. Ich bin froh, wenn sie einmal draußen sind, daß er ihnen nicht etwa in den Weg läuft. (Sieht zum Fenster hinaus.) Ach, endlich! Da kommt er durch den Garten herein.

Michel. (tritt ein, etwas befangen). Grüß' Gott, Frau! Gelt, da kommt ein armer Sünder; soll aber nie mehr geschehen.

Katharine. Will's hoffen, aber was soll ich kriegen, wenn du selber gleich so anfangst, als wärst du im Beichtstuhl? Da muß ich dich schon absolvieren. (Reicht ihm die Hand und droht mit dem Finger.) Aber gelt, Michel? das erste und letzte Mal! Du bist ja der Schloßbauer und ich bin stolz darauf, daß ich die Schloßbäuerin bin! Du! die bildet sich etwas ein auf Dich!

Michel. Hab' nur keine Sorgen, du kennst mich ja.

Katharine. Hat mir aber das erste Mal schon viel Kümmerniß gemacht. Bis zehn Uhr bin ich geduldig da gesessen, hab' mir gedacht, du werdest dich ein bischen verplaudert haben; durstig warst ja vom Heuen her und es sei vielleicht der Lehrer dr'üben und habt von wegen der Gemeinde etwas abzumachen; s' wird 11 Uhr, wird zwölf Uhr — da ist mir schon die Angst aufgestiegen und meint' ich, es sei dir etwas zugestoßen, wenn du mir nicht selber gesagt hättest, daß du in's Wirthshaus gingest. — Nun, wie's gegen Eins gegangen ist, sind mir halt die Augen zugefallen — und bin erst mit dem Betzeitläuten wieder aufgewacht.

Michel. Und nachher ist halt der Michel daherspaziert, wie der verlorne Sohn, gelt Katharinli?

Katharine. Nun 's ist vorbei; laßen wir's sein, wie es ist. Ich will dir jetzt die Suppe bringen; die Leute sind schon auf's Feld und mähen heute die große Matte im Thal. Sie haben dem Meister schon nachgefragt, das war mir nicht lieb; habe ihnen aber gesagt, du kämest bald nach, du hättest dich ein bischen verschlafen. Die Kinder liegen auch noch drinnen und schnarchen, daß es eine Lust ist. (Ab.)

Dritter Auftritt.
Michel (allein).

Michel. Recht hat sie! Das hätte nicht sein

sollen, wahrhaftig! Aber mir ist die Nacht vergangen, ich weiß nicht wie? Vom Spielen darf ich ihr aber gar nichts merken lassen, sonst wär's aus! Höllenelement! Die Fränklein brennen mich ordentlich in der Tasche. Muß sie auf irgend eine Art anbringen, ich denke, ich gib's den Armen, da sind sie am besten angebracht. (Pause.) Der Kerl will mir nicht aus dem Kopf! und wie ich ihn gefragt habe, wo er hingehe und wann wir uns wieder einmal sehen, da sagt er mir: „Bälder, als Du meinst, ich kehre einmal selbst bei Dir ein," — und wie wir mit einander aus dem Wirthshaus heraus sind, futsch! war er weg, wie der Wind!

Vierter Auftritt.

Michel. Katharine. (bringt die Suppe.)

Michel (für sich). Wird mir nicht besonders schmecken auf das Bier (nachdenkend) und auf den sauren Wein! und das Gewissen ist auch nicht sauber. Papperlapapp! ich bin ja kein Schulbub mehr! bin ich nicht der Schloßbauer? Hab' ich nicht zwanzig Stück Vieh im Stall und zwei Pferde und eine brave Frau und Kinder, goldfrisch und gesund — (Zu Katharine) Her mit dem Frühstück, und dann auf's Land, die Leute zum Arbeiten zu mahnen, zum Essen ist's schon nicht nothwendig, gelt Kathrinli?

Katharine. Gewiß, darum soll aber auch der Hausvater immer mit gutem Beispiel vorangehen, und Du bist ja alleweil der Erste auf.

Michel. Weiß wohl, auch heute der Erste, aber es brummt mir noch immer im Schädel, als wenn ich in der Mühle drunten wäre. Was doch so ein Katzenjammer für ein ungeberbiges Thier ist!

Katharine. So geh' hinaus zu den Andern, kannst Dich in Schatten legen und ausschlafen.

Michel. Hast Recht, Kathri; wird wohl das Gescheidteste sein. (Ab.)

Fünfter Auftritt.

Katharine (allein).

Katharine. Schadet gar nichts, daß ihm die Geschichte ein wenig im Kopfe herumgeht; es könnte ihm ein anderes Mal wieder so etwas einfallen, und mein Gott, wie Viele haben mit einem Mal angefangen, bis sie nach und nach zu Grunde gegangen sind elend, und haben Haus und Hof verthan; da sei Gott vor! Aber auf meinen Michel kann ich mich verlassen und wenn ich auch den Martin nicht ganz vergessen kann, — Gott weiß, wo er jetzt ist! einen bravern, als den Michel hätt' ich doch nicht bekommen können und es war wohl gut, daß ich meine Liebschaft mit dem Martin aufgegeben habe! Aber der Martin dauert mich halt doch. Er hat mich gar so gern gehabt und hat es mich auch viel Herzeleid gekostet, bis ich ihn aufgegeben habe und hab' doch meinen Michel auch recht gern und haben wir noch keine böse Stunde mit einander gehabt. Jetzt muß ich aber nach den Kindern schauen; die Fratzen werden ihre Milchsuppe wollen und der Natzi ist gewiß schon aus dem Bett. (Ab durch die Seitenthüre.)

Sechster Auftritt.

Pater Niklaus (mit einem Terminirsack, durch die Mittelthüre eintretend.)

Pater. Sapperlost! Heute fängt der Tag gut an! Kaum eine Viertelstunde vom Kloster weg, treffe ich den Schloßbauer an. Potztausend! Fünfzig Franken auf einmal für's Kloster! Gerade recht; braucht so der Pater Quardian ein neues Meßgewand und den heiligen Josephsfahnen können wir auch repariren lassen. „Da nehmt's — sagt er, — aber ich bitte: seid still und verschwiegen. Soll kein Mensch wissen, daß ich dem Kloster etwas spendirt hab', ist doch nur so gefundenes Geld, das mir in die Tasche geflogen ist!" — Ei, ei, gefundenes Geld? Nun was geht's mich an, ob's der Michel beim Roßhandel oder beim Spielen gewonnen hat, und da wollte er die Kirche nicht vergessen. Gibt doch auch noch fromme Leute in der Welt! (Läßt das Geld durch die Hände klappern und betrachtet es wohlgefällig.)

Siebenter Auftritt.

Der Pater. Katharine.

Katharine. Ei guten Tag Herr Pater!

Pater. (Das Geld eilig in den Aermel steckend) Guten Tag,, Frau Schloßbäuerin!

Katharine. Schon früh, schon früh! Wollt Ihr vielleicht eine Morgensuppe? Kann Euch auch Eier und Schmalz geben für das Kloster; Ihr seid ja schon lange nicht mehr da gewesen.

Pater. Vergelt's Gott, Vergelt's Gott! Kann Alles brauchen für das Kloster, Schloßbäuerin! Wir armen Klosterleute können alleweil etwas annehmen; leben ja auch andere Arme von uns. Seht, alle Tage 30 Portionen Suppe und Brod dazu; man sollte gar nicht glauben, daß so viele Arme in der Gegend sind. Und doch schreien die Leute immer: die Faullenzer, der Bettelorden, die Tagediebe, wie sie uns heißen! Was brauchen wir d i e noch! Wir brauchen keine Klöster und so weiters! — Aber es ist gut, daß es noch fromme Leute gibt in der Welt, die die Klöster unterstützen. Da, gute Frau, schenk ich Euch ein schönes Helgli in Euer Gebetbuch. Eure heilige Namenspatronin. (Indem er das Bildchen aus dem Aermel hervorzieht, rollt Geld auf den Boden.

Katharine (das Geld aufhebend). Oho, oho! Pater Niklaus? Was habt Ihr denn da für Reichthümer? Ihr wollt terminiren gehen und habt schon in aller Früh den Aermel voll Franken!

Pater (verlegen). Du mein Gott, eine gute Gabe die mir schon heute früh spendirt worden ist!

Katharine. Wer ist denn der Gutthäter, wenn man's wissen darf?

Pater. Darf's nicht sagen, darf nicht!

Katharine. Brauchs freilich nicht zu wissen, aber die Neugierde plagt mich doch und wenn Ihr mir's nicht sagt, so hol' ich Euch heute keine Eier und keinen Butter für's Kloster und könnt' Ihr mit dem leeren Sack aus dem Hof marschiren.

Pater. Was doch das Weibervolk neugierig ist, bleibt halt seit Eva's Zeiten noch alleweil Euere Hauptsünde.

Schon gut, schon gut! (für sich.) Warum soll ich's ihr aber nicht sagen? ist ja eine Gutthat ihres Mannes und — (zu Katharine) nun, so rathet einmal, von wem meint Ihr, daß ich das Geld heut' schon bekommen hab'?

Katharine. Ja, wie könnt' ich das errathen? Auf alle Fäll war's von einer guten Seel — und doch: von meinem Michel ist's nicht!

Pater. Vom Schloßbauern? Ha, man kann nicht wissen —

Katharine. Von meinem Michel?

Peter. Ja, von Euerm Michel.

Katharine. Ei der Tausend! Was ist denn das? Und ich habe nichts davon gewußt? Sonst sagt er mir doch Alles. Und wie viel hat er Euch denn gegeben?

Peter. Verrathet mich nicht, gute Frau, dann will ich's Euch anvertrauen. Grad fünfzig Franken sind's.

Katharine (überrascht). Fünfzig Franken! Das wundert mich nun doch. Fünfzig Franken, die findet unser Einer nicht auf der Gasse, damit man's gleich dem Kloster spedieren kann.

Pater. Ist vielleicht ein heimliches Gelöbniß von Michel.

Katharine. Das wär' das erste Mal, so eine Heimlichkeit. Bisher haben wir noch Alles miteinander abgemacht und Keines hat vor dem Andern ein Geheimniß gehabt. Wie vor drei Jahren der Natzi so sterbenskrank war, hat der Michel nach Maria Einsiedeln versprochen, aber das hat er mir gleich gesagt und da bin ich auch mit gewallfahrtet und nachher ist unser Natzi gesund geworden. Nein, nein, das heimliche Opfer macht mir schier Aengsten.

Pater. Pah, pah, — laßt Euch's nur nicht anmerken. Von mir war's freilich nicht recht, daß ich unsere Gutthäter verrathen habe, also schweigt fein still; der Michel wird schon einmal selbst davon anfangen. Er kann ja eine Ursache haben, warum er es Euch noch nicht gesagt hat.

Katharine. Mir ist's schon recht, aber es will mir doch nicht in den Kopf.

Pater. Nun, nun, es wird sich schon machen. Ich muß gehen, kann das Geld nicht den ganzen Tag mit mir herumschleppen. Behüt' Euch Gott, Schloßbäuerin.

Katharine. Adies, Herr Pater; ich will Euch doch noch etwas mitgeben lassen, (ruft hinaus.) Afra, Afra, gib dem Pater ein Pfund Schmalz und ein Dutzend Eier.

Pater (im Abgehen). Vergelt's Gott tausendmal! (Ab).

Achter Auftritt.

Katharina (allein.)

Fünfzig Franken! Was kann das bedeuten? Wo hat er das Geld her? Hm, hm! Das will mir doch nicht gefallen; hinter meinem Rücken! Er giebt zwar gern Almosen, aber gleich so viel auf Einmal, das ist mir zu stark; das Geld für den alten Schimmel haben wir für den neuen Wagen gebraucht. Besinnt sich) Gott im Himmel! Er wird doch nicht heute

Nacht — im Wirthshaus — er wird doch nicht? — o Gott! — gespielt haben? (Sinkt halb ohnmächtig auf einen Stuhl und bedeckt mit den Händen das Gesicht.) O mein Traum! Mein blutiger Traum, den ich gehabt habe, als ich, nicht aus Liebe zu Michel, nein auf den Wunsch der Eltern dem Michel das Jawort gab. Noch steht mir das ganze Traumbild leibhaftig vor Augen.

(Spricht nach Hebel.)

Sellen Oben bin i in schwere Gedanke vertschlofe,
Selli Mitternacht hani e bedütsame Traum g'ha.
Sisch mer gsi: es chöm vo Staufe füre a b'Landstroß;
an der Landstroß goht e Kapeziner und betet.
„Schenket mer au eHelgli, Herr Pater, went er so guet si,
Bini nit e Bruut? s'cha si, 's het e guete Bedütig."
Langsam schüttlet si Chopf derPater, und unter derChutte langt er eHampfle vollHelge. „Do zieh' der selber eis use!"
Seit's, und woni zieh, lang i in schmutzige Charte.
„Hesch echt 's Eckstei-Aß? 's bedeutet e rothe Karfunkel;
'sisch kei guete Schick." — „Jo wäger," sägi, „das hani."
Wieder seit der Pater: „So zieh denn anderst, o Brüütli!
Hesch ächt siebe Chrütz?" — „Jo wäger," sägi und süfze.
„Tröst di Gott, zieh' anderst! Es chönne no besseri drinn si.
Hesch e bluetig Herz?" „Jo wäger, säg i, erschrick drob.
„Jetzt zieh no ne mol, s'cha si, di Heilige chunnt no.
Isch's der Schuflebueb?" Es wird wohl, b'schaut en selber.
„Jo, de hesch en! Tröst di Gott! Er schuflet di abe."
So het es mir sellmol traumt, und so hani sellmol g'schlofe.
Stroßwirths Tochter, was hesch benkt und hesch mer ne
                                                    doch g no?
Jo, i ha halt müeße und gseit: „In's Herr Gotts Name!

No de fiebe Chrütze und hinterem bluetige Herze, chunt mi Heilige, will's der Herr und schuflet mi abe.

Doch weg mit diesen Träumen! Träume sind Schäume, sagt der Herr Pfarrer und ich habe selbst nie viel darauf gegeben. Ist auch noch keiner wahr geworden. (Sieht durch das Fenster.) Ach da kommt der Michel. Wart, ich will schon aus dir herausbringen, was du verschwiegen hast!

Neunter Auftritt.

Katharine. Michel.

Michel (sich den Schweiß abwischend). Heidensapperment ist das eine Hitz: Drei Fuder haben wir schon herein, ein Prachtheu, aber jetzt durstets mich — Frau, bringe mir ein Becken gute Milch.

Katharine. Gleich, Michel. (Holt aus einem Wandschrank eine Schüssel Milch und setzt sie auf den Tisch.) So Alter, laß' dir's schmecken und g'segne dir's Gott.

Michel. Dank' schön, halt auch mit.

Katharine (setzt sich zu ihm und ißt). Ja, zu Zweien schmeckt doch Alles viel besser auf der Welt, als wenn Einer so allein steht.

Michel. Eben drum haben wir uns geheirathet und Leid und Freud lassen sich auch besser tragen, wenn zwei zusammenhalten.

Katharine. Ja, wenn's nur immer so bleibt!

Michel Und warum sollte es nicht so bleiben?

Katharine. (blickt schweigend nieder und legt den Löffel weg).

Michel. Nun, was ist's denn? Was spintisierst denn?

Katharine (legt ihm vertraulich die Hand auf den Arm). Michel, gelt, Du sagst mir's?

Michel. Was soll ich dir denn sagen?

Katharine. Ei du weißt es schon.

Michel. Ich?

Katharine. Ja — — — wegen dem Geld?

Michel. Was für Geld?

Katharine. Nun, das du dem Pater Kapuziner gegeben hast?

Michel (betroffen). Was geht das dich an, wenn ich für mich ein gutes Werk thun will.

Katharine. Was das mich angeht? Darf ich nicht meine Freude daran haben? Soll ich nicht wißen: Was und warum? Bin ich nicht dein Weib?

Michel. Der Mann ist der Herr im Haus und über Hab und Gut und von einem jeden Rappen braucht er seinem Weibe nicht Rechenschaft zu geben.

Katharine. So? und wenn ich's nachher auch so machen würde, da ging die Wirthschaft bald auseinander. — Eins „hüst" das andere „hott," wo lauft nachher der Wagen hin?

Michel. Du könntest mich bald ärgern mit deiner Aschermittwochspredigt.

Katharine. So muß ich halt still sein. (Weint.)

Michel. So! Auch noch flennen? Nun, ich mache mir auch nichts b'raus, wenn Du's absolut haben willst. — Das Geld, das ich dem Kapuziner gegeben habe, für's Kloster, das hab' ich heute Nacht im Wirthshaus drüben gewonnen.

Katharine (erschrickt heftig). O mein Traum! mein blutiger Traum?

Michel. Was Traum? Reinste Wahrheit ist's! Und dann? Das Spielen ist auch eine Unterhaltung wie jede andere und wenn man nur Fünferli setzt, ist der Spaß nicht so gefährlich.

Katharine. Und wenn man aber dabei fünfzig Franken gewinnt, so kann man auch soviel verlieren und mehr noch. Schau einmal den Buchenbauer an, wie's dem mit dem Trinken gegangen ist.

Michel (ungeduldig, schlägt auf den Tisch). Ich hab's aber nicht verloren! und weil ich das Spielen nicht mag und mich das Geld nicht gefreut hat, so hab' ich's dem Klosterbruder geschenkt. So! — und jetzt weißt du's — und jetzt will ich Ruhe haben.

Katharine. Freilich weiß ich's jetzt und danke dir, daß Du mir's gesagt hast, aber — (Steht auf.)

Michel (gereizt). Ich will nicht hoffen —

Katharine. Nichts, nichts, Michel; ich will nur im Stall nachschauen ob die Afra Grünfutter für's Vieh heimgeholt hat. (Ab.)

Zehnter Auftritt.
Michel. Später Lux.

Michel. Das ist einmal wahr und gewiß: wenn der Mensch etwas gethan hat und er scheut sich's zu sagen, besonders seiner Frau, oder wenn er so etwas hat, das ihn drückt, so etwas, das nicht heraus will, so muß es etwas Unrichtiges sein! Sapperment noch einmal! bin ich denn ein Kind? (Lux schaut zum Fenster herein.) Oho bist du schon wieder da?

Lux. Ja, per Zufall! Das lob' ich mir, wenn alle Ehemänner so wären, wie Du! Da wäre ja der Himmel auf Erden. (Spricht zum Fenster herein) Das ist brav, Michel! Ein Leib und eine Seele! Wie Adam und Eva, (höhnisch) wie ein Paar Täubchen: gru, gru, grugru!

Michel. Ich verbitt' mir das Spötteln.

Lux. O du heilige Frömmigkeit! Laß dich lieber gleich an die Ofenbank binden von deinem Weib oder an den Ochsenbarren im Stall draußen! Bist du ein Mann?

Michel. Was geht's dich an? Heute Nacht haben wir Freundschaft gemacht beim Trinken und beim Spielen im Wirthshaus, das ist was Anders; denn dort bist du Gast wie ich; aber in meinem Haus, in meiner Stube, da brauche ich so eine Freundschaft nicht, die mir einen brennenden Zunder herein werfen möchte! Ueber mein Weib laß ich nichts sagen, verstanden?

Lux. Oho nur nicht so hitzig! Hab ich denn von deinem Weib geredet?

Michel. Ich habe recht gut verstanden, was Du gemeint hast; aber es hätte vielleicht nicht lange mehr gedauert, hättest du wie der Horcher an der Wand, seine eigene Schande hören können. Verstanden!

Lux. So ein Kerl wie Du läßt sich von der Frau die Leviten lesen!

Michel. Was Leviten lesen? Und weil Du denn doch so gute Ohren hast, was hast Du denn eigentlich gehört?

Lux. Wie zwei Weiber miteinander schwatzen.

Michel (heftig). Bursch! —

Lur. So! Du plagst dich den ganzen Tag; Du rackerst dich ab für Weib und Kinder; arbeitest wie der letzte Knecht, nicht wie der Herr vom Heimwesen; Du — ich will gar nicht weiter über die Sache reden — und weil du Einmal — Einmal ohne Deine Frau zu fragen, auf Deine eigene Faust Dich erholt hast, ein wenig aufgefrischt, da macht sie Dir schon ein Maul, als seiest du unter ihrer Vormundschaft?

Michel. Das ist eben ein Zeichen von ihrer Liebe und Anhänglichkeit.

Lur. Was mich anbelangt, möchte ich für dergleichen danken; schau Michel, so fangen's alle Weiber an, die ihre Männer unter den Pantoffel bringen wollen: Ganz subtil und fein, daß man's nicht merkt, bis der gute Narr zum Duckmännlein geworden ist und nicht mehr muxen darf. Dann endlich geht ihm ein Licht auf; aber dann ist's zu spät. Wir wollen einander in einem halben Jahre wieder über dieses Thema sprechen.

Michel. Herrschaft! Könntest vielleicht Recht haben; bei der Kathrin ihrer Mutter, der alten Stroßwirthin, war's auch so, die hat auf dem Hof regiert, aber von meinem Weib kann ich's doch nicht glauben.

Lur. Dein Weib in Ehren! aber 's ist doch schier Eine wie die Andere und wenn sie's nicht ist, so wird sie's. Ich gratulire. — So, meine Visite ist jetzt zu Ende; ich bin nur des Wegs vorbei gegangen, es dürstet mich ohnehin schon wieder bei dieser höllischen Sonnenhitze. Ich will einen Schoppen trinken drüben beim Wirth. (Will anscheinend fortgehen.)

Michel. Behüt', Gott! — Ja ich kann Dir's sagen, gewurmt hat's mich schon ein wenig, daß mein Weib —

Lur. Aha! Kommt der Verstand? Bist doch noch ein gescheiterer Kerl, als ich geglaubt habe. Laß' Dir nur Dein Recht nicht aus der Hand winden, das geht oft gar schnell.

Michel. 's ist wahr. Was geht das die Kathrine an, was ich für mich mache?

Lur. Nichts geht sie's an! Betrachte andere Bauern, da darf die Frau nicht das Maul aufthun!

Michel. Neugierde war's jedenfalls.

Lur. Neugier und Herrschsucht ist der eigentliche Grund, du bist wohl immer zu nachsichtig gewesen, daher kommt's!

Michel. Magst Recht haben.

Lur. Die wird bir zu Allerheiligen schon das Neujahr abgewinnen, wenn sie auch noch so sanft thut.

Michel. Das soll sie bei Gott! nicht, da bin ich der Mann dazu.

Lur. So zeig' ihr gleich jetzt, daß du der Mann bist; zeig' ihr, wer Meister ist im Haus. — Komm', trinken wir eine Flasche zusammen, da läßt sich weiter darüber reden, oder viel besser; reden wir nicht mehr davon, dann vergissest du deinen Aerger.

Michel. In's Wirthshaus gehe ich nicht.

Lur. Ei was! Hast schon einen halben Tag gearbeitet wie ein Ackergaul, darfst schon etwas z'Nüni nehmen. Wer weiß, wann wir wieder zusammenkommen?

Michel. Sünde ist's wohl nicht. Auf eine halbe Stunde gehe ich mit, derweil die Andern draußen z'Nüni nehmen, nachher gehe ich gleich wieder auf die Wiese.

Lux. Ei versteht sich; von der Arbeit will ich dich nicht abhalten. Also vorwärts! nimm' deinen Hut.

Michel. Ich bin dabei.

(Sie gehen der Mittelthüre zu, unterdessen tritt Katharine durch die Seitenthüre ein; Lur ist bereits hinausgegangen, so daß nur Michel noch an der Thüre sichtbar ist.)

Eilfter Auftritt.

Michel. Katharine.

Katharine. Gehst du wieder in's Heu, Michel?

Michel (stolz). Ja in's Heu, aber zuvor noch in's Wirthshaus! Ich habe Durst.

Katharine. Aber Michel! du warst ja die ganze Nacht drüben.

Michel (prahlerisch). Ich bin der Schloßbauer, ich bin der Meister im Haus! Verstanden? Ich lasse mir nichts einreden! (Ab.)

Zwölfter Auftritt.

Katharine (allein).

Katharine. Um Gottes Willen! Heute ist er ja wie auseinander! Was ist denn das? So habe ich ihn noch nie gesehen; und wie er aufbegehrt! Und warum denn schon wieder in's Wirthshaus? — 'S ist weiter nicht viel d'ran und er kann's ja thun, aber etwas Neues ist's doch und mir will's nicht gefallen. (Ab.)

(Verwandlung.)

Dritte Scene.

Erster Auftritt.

Die Wirthsstube. Der **Buchenbauer** sitzt betrunken an einem Tisch. **Röse**, die Kellerin tritt ein.

Röse. Bist jetzt noch da, Buchenbauer? Hockst jetzt seit gestern Abend hier.

Buchenbauer (unsicher aufstehend und sich vor Röse hinstellend). Wer kann mir's wehren? und du am allerwenigsten! Meinen Branntwein habe ich noch alleweil bezahlt; ich bin nichts schuldig geblieben! Ich brauche nichts als Branntwein und will nichts als Branntwein.

Röse. Pfui, schäm' dich! hast so einen schönen Hof gehabt und jetzt fällt dir's Dach nächstens über'm Kopf zusammen und hast nur noch eine einzige Kuh.

Buchenbauer. Ha, ha! Einen Geißbock habe ich auch noch, gelt Röse! Juchhee! Mein Weib ist gestorben, das Haus fällt bald zusammen, und begräbt mich darunter, dann ist Alles vorbei Röse, gib' mir noch einen Schnaps, weil ich bald sterben muß.

Röse. Geh! Hör' auf mit deinen gottesläsierlichen Reden, es ist ja eine Schande! Wäre ich Wirth, ich ließe dich nimmermehr herein; bleibst doch einmal in einem Branntweinrausch liegen, daß sie dich gleich vom Wirthshaus weg auf den Kirchhof tragen können.

Buchenbauer. Ist mir auch recht, nachher brauch' ich dann nicht mehr heimzugehen! Gut, daß du nur die Kellnerin bist, nicht die Wirthin! Schenk ein

Mädchen! aber einen famosen, der so recht reißt den Hals hinunter. Ich habe noch einen Batzen, den muß ich da lassen, nachher gehe ich heim und füttere meine Kuh; die wird plären, hat schon seit gestern nichts mehr zu fressen bekommen.

Röse. Da hast du noch ein Glas, abscheulicher Kerl, aber dann machst du, daß du fortkommst!

Zweiter Auftritt.
Vorige. Michel. Lur.

Lur. Wein her, Kellnerin!

Röse. Weißen, Rothen, Neuen oder Alten?

Lur. Burgunder, wenn ihr habt, der macht guten Humor.

Michel. Du machst mich ganz zum Lumpen. Burgunder, den sehe ich's ganze Jahr nicht, höchstens wenn einmal Hochzeit ist.

Lur. Heut' zahl ich, Michel, laß' dir's schmecken. Komm', wir setzen uns an den vordern Tisch. (Setzen sich).

Buchenbauer. Schloßbauer! laß dir's schmecken, kostet nichts.

Michel. Ei Buchenbauer, bist auch wieder da?

Buchenbauer. Wieder? Nein Bruderherz, ich bin gleich sitzen geblieben und habe mir den Weg erspart. Hättest es ja auch so machen können, wäre in Einem hingegangen.

Michel. Um keinen Preis thut der Schloßbauer so etwas.

Buchenbauer. Nichts für ungut, hab's nur so gemeint.

Lur. Stoß an, Michel, deine Katharine soll leben.

Michel. Ja, da bin ich dabei, die laffen wir leben! 'sift halt doch ein braves Weib, die beste Frau im ganzen Dorf.

Lur. Einverstanden, aber wie ich gesagt habe: gib Acht.

Michel. Freund, laß' nur mich sorgen; das hat gute Wege.

Lur. Schau, mir scheint, du hast Dir immer zu wenig vergönnt und hast dadurch dein Weib verwöhnt; daß Du heut' Nacht im Wirthshaus warst — da ist schon der Spektakel losgegangen und sie hat gemeint, was das Arges gewesen sei; der Mensch muß aber bisweilen seine Freude haben, besonders so Einer wie Du, der immer bei der Arbeit der Erste ist; Du mußt Dir vornehmen, Dich bisweilen aufzufrischen. Wenn die Matten keinen Regen hätten, da wären sie bald dürr! bist ein reicher Bauer, vermagst es ja!

Buchenbauer (lacht). Mein Weib ist gestorben, mein Häuslein fällt ein, und ich habe nichts als Kreuz, schwere Pein.

Lur. Halt's Maul, alter Lump!

Michel. Laß ihn lachen, er muß auch seine Freude haben.

Lur. Kellnerin! Eingeschenkt! 'sift leer. — Karten her!

(Es fängt an zu blitzen und zu donnern.)

Michel. Schon wieder spielen! Nein, das mag ich nicht. Und jetzt schon gar nicht, es kommt ein Wetter! Sollt ich doch eher nach dem Heu schauen, als hier im Wirthshaus hocken.

(Die Kellnerin bringt Karten und Wein.).

Lur (indem er mischelt). Nur um Kaisers Bart! Laß' draußen donnern!

Michel. Wenn's nicht um Geld geht, mag's mir gleich sein.

Lur. (gibt aus). So vergeht uns die Zeit schneller

Buchenbauer. Wünsch Glück, Michel! Will Dir den Daumen halten.

Lur (während er die Karten gibt). Setzen wir Fünferli, 's ist doch lustiger.

Michel. Meinetwegen. (Setzt Geld).

Lur. Trumpfdame! Weiber bringen Glück.

Michel. Herzkönig! Trumpfkönig!

Lur. Angegeben!

Michel. Kreuzachter!

Lur. Kreuzsiebner! Machst's wieder wie gestern; bist halt ein Glücksvogel!

Michel. (hebt die Karten). Trumpfschaufel!

Lur. Schaufelzehner!

Michel. Schaufelaß, — Schaufelkönig, — Schaufelbub — ich hab's!

(Das Gewitter zieht sich immer ärger zusammen.)

Rösc. Hört doch mit dem Spielen auf bei dem Wetter.

Lur. Einen Thaler gilt's! das nächstemal gewinn ich.

Michel. (aufgeregt). Ha, 's ist möglich, aber ich probier's doch; 's gilt!

Lur. Gestochen! Was kümmert uns das Wetter,

Michel. Ich hab' gestochen — ein, zwei, drei Stiche.

Lur. Daß dich der Guckuk! ich glaube, du seiest an einem Sonntag geboren.

Michel. Ich wette noch einmal!

Lur. (gibt aus). Gut! spiel aus!

Michel. Ecksteinbub!

Lur. Ecksteinkönig! Trumpfzehner! Und noch einmal gestochen! — diesmal hab ich's — Trumpfaß! du bist hin! (Donnerschlag).

Röse. Gott im Himmel! das muß eingeschlagen haben! (läuft zum Fenster). Schloßbauer, Euer Hof brennt!

Michel. (an's Fenster eilend). Fürio! Mein Hof brennt! Helft, helft! (stürzt zur Thüre hinaus, Röse und Buchenbauer ihm nach. Während der Vorhang fällt, schaut der zurückgebliebene Lur am Fenster hohnlachend in die Flammen hinaus.)

Ende des ersten Aufzuges.

Zweiter Akt.

Erste Scene.

(Dorfplatz. Links Michels neuerbautes Haus. In der Mitte des Platzes ein Brunnen, an welchem Katharine Wasser holend, den Kopf auf die Hand gestützt, nachdenkend lehnt.)

Erster Auftritt.
Katharine. Martin.

Martin. (halb bürgerlich, halb militärisch gekleidet, tritt von der rechten Seite auf und bleibt, Katharine betrachtend, aufmerksam stehen. Sie blickt auf).

Katharine. Herr Jesus! bist du's Martin?

Martin (auf sie zu eilend). Ja, ich bin's mit Leib und Seele, aber die Seele hat längst einen Riß bekommen.

Katharine. Jetzt sind's über sieben Jahre, daß wir uns nicht mehr gesehen haben und gar Nichts hast du von dir hören lassen.

Martin. Was hätt's denn auch genützt? du hast mich verlassen, hast den Schloßbauern genommen und deßwegen, du weißt's ja, bin ich Soldat geworden; das hast du gewußt und weiter war nichts nöthig. Du bist die reiche Schloßbäuerin geworden und ich habe nun ausgedient und bin der arme Martin geblieben, wie ich's vorher gewesen. Jetzt geh' ich wieder heim zu meinem Vater auf unser kleines Gütli. — aber im Vorbeigehen hab' ich doch zu dir gemußt; es hat mich zu dir hereingezogen, damit ich dich in deinem Glücke sehe! Mich freut es nur, daß es Euch so gut geht. Den Hof habt ihr auch wieder prächtig aufgebaut, schöner als der neue Pfarrhof; was soll's weiter? Ich gratulire, Schloßbäuerin. Was hättest du auch an dem armen Martin gehabt mit seinem schlechten Häuslein und seinem Paar Kühe? Noth und Sorgen vielleicht. Es ist recht gegangen so; weh hat's mir freilich gethan, aber was einmal ist, das muß man halt verschmerzen.

Katharine. Martin, wie magst du auch so bitter reden? Das weißt du ja, daß ich nur der Mutter zu lieb dich habe fahren lassen und den Schloßbauer geheirathet habe. Mit unserm Heimwesen auf dem Stroßwirthshause ist's schlecht gegangen, seit der Vater so lange presthaft war; der Schloßbauer Michel hat halt Geld gehabt. — Alle haben mir zugeredet, selbst der Herr Pfarrer, und da hab' ich halt meinen Eltern ihren Willen gethan. Das kannst du mir nicht verargen, es ist so bei den Bauernmädchen, die können nicht immer nach ihrem Willen heirathen. Wäre aber die Mutter früher gestorben, Gott tröste sie unter dem Boden, so hätte ich nimmer von dir gelassen.

Martin. Ich hab' dir ja auch weiter keinen Vorwurf gemacht; aber die Liebe will nichts wissen von den Spekulationen und dem Spintisiren, die möchte immer blind d'reingehen. Lassen wir den Diskurs; dich hab' ich gesehen, nach dem Schloßbauern verlangt's mich nicht — also behüt dich Gott! Ich habe noch zwei Stunden heim, ich komme noch gerade an, ehe es Nacht wird. Der Vater kann mich gut brauchen, hat nachher keinen Knecht mehr nöthig und ich bleib' ledig, das habe ich mir schon ausstudirt.

Katharine. Wer weiß, ob's nicht manchmal besser wär', wenn mancher Mensch ledig bliebe?

Martin. Oho! Katharine, so etwas solltest du nicht sagen, du, die Schloßbäuerin! Bei dir schaut ja das Glück zu allen Fenstern heraus! Alles so schön sauber und fein.

Katharine. Martin — dir darf's ich schon sagen! Es ist nicht immer Alles so, wie es von Außen herschaut.

Martin. Wie so denn?

Katharine. Der Michel ist nicht daheim, es wäre mir jetzt selber nicht lieb, wenn er dich bei mir fände. Du bist mein erster Schatz gewesen, warum sollt ich dir's läugnen, was mich bekümmert und was eigentlich in der Gemeinde kein Geheimniß mehr ist. Der Michel, der erst so brav war, ist ein Anderer geworden. Seit einem Jahr ist er wie umgewandelt! Ja, seit unser Hof abgebrannt ist, ist's als ob alles Gute und alles Glück mit im Feuer aufgegangen wäre. Schulden haben wir ohnedem machen müssen, das Brandassekuranzgeld hat nicht ausgereicht; Alles ist uns verbrannt und keine Fahrhabe ist versichert gewesen, weder im Haus noch im Stall noch in der Scheune. Das war ein Feuer — als der große Heustock brannte! Wir hatten gerade fertig geheuet — du kannst dir's gar nicht vorstellen! Und wie denn Alles wieder sauber beisammen war und Alles schön wieder aufgebaut, da hab' ich gemeint, es sollte gut gehen, wenn wir sparsam sind und gut wirthschaften, aber statt daß der Michel gehaust und gearbeitet hat, wie sich's gehört, ist er nach und nach immer leichter geworden und lieber im Wirthshaus gewesen als daheim bei der Arbeit. Und du weißt, Martin, wenn der Meister weg ist, was werden nachher Knechte und Mägde thun?

Martin. Katharine, du dauerst mich! und die Kinder, was soll aus denen werden? Aber der Michel war ja immer der brävste Bursch' im Dorf?

Katharine. Ja wohl war er's, aber da hat er Bekanntschaft mit einem Lumpen, einem Jäger gemacht; kein Mensch weiß, wo der Kerl her ist, der muß ihn verführt haben. Jetzt hab' ich den Michel doch so weit gebracht, daß er mir versprochen hat, er wolle sich zusammen nehmen und heute hat ihn der Herr Pfarrer bestellt, daß er etwas mit ihm zu reden hätte, der wird ihm auch zusprechen. In aller Frühe ist er fort und wird jetzt jeden Augenblick heimkommen.

Martin. Wie es nur möglich ist, daß ein ordentlicher Mensch sich so ändern kann!

Katharine. Ich will noch das Beste hoffen; aber wer einmal den rechten Weg verlassen hat, der verirrt sich gar zu leicht und findet sich selten mehr zurück. Schau, da kommt er gerade die lange Gasse herauf.

Zweiter Auftritt.
Vorige. Michel.

Michel (überrascht und immer etwas mißtrauisch). Ja, wen sehe ich da? Bist du wieder da, Martin? Haben sie dich nimmer mehr brauchen können beim Militär?

Martin. Ja, meine Zeit ist aus und die sechs Jahre sind um.

Michel. Schau, wie so geschwind die Zeit vergeht! Darum vergißt man auch nicht so leicht Etwas. Gelt, du hast deinen alten Schatz wieder aufgefunden?

Katharine. Pfui, schäme dich, Michel!

Martin. Geh, der Michel macht nur Spaß. Wir kennen uns ja und hat keine Gefahr und was geschehen ist, ist geschehen und der Mann hat sein Weib.

Michel. Versteht sich, daß nur Spaß ist. Aber alte Liebe rostet nicht, ist ein altes Sprüchwort.

Martin. Es gibt viele Sprüchwörter, aber überall taugen sie doch nicht hin und geht es oft anders auf der Welt.

Michel. Wollte es auch nicht hoffen und mit dem Kilten geht's freilich nicht mehr.

Martin (gereizt). Und ich will auch nicht hoffen, daß du etwas Unrechtes von mir glauben könntest. Aber foppen lasse ich mich derentwegen doch nicht.

Katharina. Nun glaube ich, Ihr fangt Streit an mit einander; das fehlte noch. Geh' Martin, geh' heim zu deinem Vater, der dich gewiß schon lange erwartet.

Martin. Hast Recht Katharine, das wird das

Gescheidteste sein. (zu Michel) Nichts für ungut, Michel; ich hab von den Soldaten in fremdem Dienste nichts Schlechtes angenommen und die zehn Gebote habe ich auch noch nicht vergessen.

M i ch e l. Nun, nun, so bös war's nicht gemeint. Da, gib mir die Hand. Behüt' dich Gott und wir bleiben gute Freunde.

M a r t i n. Es gilt! — Michel, du hast ein braves Weib, halte es in Ehren und mach ihr keinen Kummer. Behüte Euch Gott bei einander. (Ab.)

Dritter Auftritt.
M i ch e l. K a t h a r i n e.

M i ch e l. Ist doch ein rechter Bursch der Martin.

K a t h a r i n e. Laß ihn; sage mir lieber, wie es mit dir steht.

M i ch e l. Mit mir?

K a t h a r i n e. Das wissen wir alle zwei, daß uns das Leben Mühe macht seit dem Brande und dem Bauen.

M i ch e l. Der Mensch baut und der Teufel möcht wieder einreißen.

K a t h a r i n e. Geh, Michel, so etwas solltest du nicht sagen.

M i ch e l. Freilich nicht, Katharine, aber das Unglück hat mich halt ganz auseinander gebracht.

K a t h a r i n e. Und deßwegen hättest du aufhören sollen, der brave Schloßbauer zu sein? Hat dir dein Spielen etwas geholfen? Wäre es nicht gescheidter gewesen, du hättest fleißig gearbeitet, du hättest deine Zeit nicht im Wirthshaus bei den Saufbrüdern verthan? Deine Zeit und dein Geld?

Michel. Du redeſt hart, Frau, aber wahr iſt wahr. Lueg, jetzt habe ich vier Wochen nicht mehr geſpielt, weil ich es dir verſprochen habe.

Katharine. Recht war's, Michel! und brav. Lueg, unſer Herrgott hilft uns ſchon wieder aus der Noth, wenn wir ſelber dazu thun. Er läßt keinen Menſchen ſitzen, der es recht meint. Wenn wir heuer ein gutes Jahr kriegen und es ſchaut ſo d'rein — ſo können wir ſchon etwas zuſammenbringen zum Schulden zahlen. Gelt, Michel? Nur zuſammengehalten!

Michel. (weich). Du biſt freilich mein Schutzengel auf der Welt. Hätte ich nur dir gehorcht, ſo wär's freilich nicht ſo weit gekommen. Seit ich beim Wirth draußen das erſte Mal geſpielt habe, ich weiß es wohl, geht es nicht mehr recht im Haus. Von daher kommt alle Schuld.

Katharine. (tröſtend). Iſt's nicht ſchon halbe Beſſerung, wenn man ſein Unrecht einſieht? Und umkehren kann der Menſch immer, wenn er will.

Michel. Ja umkehren, das iſt gar leicht geſagt. Kehr mit einem großen Heuwagen auf ſchmalem Wege um. Du mußt gerade aus, oder wirſt umwerfen.

Katharine. Wenn der Menſch will, ſo kann er Alles mit Gottes Beiſtand. Er hat überall Platz zum Umkehren.

Michel. Das hat mir heut der Herr Pfarrer auch geſagt und hat mir eine ſchöne Lehre gegeben.

Katharine. Ja, Michel, hab' nur Muth und Gottvertrauen! — So, jetzt muß ich Waſſer hineintragen zum Kochen. (Reicht ihm die Hand.) Gelt, Michel, 's bleibt dabei? (Nimmt den Waſſereimer vom Brunnen und geht in's Haus. Michel folgt ihr.)

Vierter Auftritt.

Moses Schmul (besieht sich das Haus des Schloßbauern).
Moses. Waß Gott — a schönes Haus hat sich wieder gebaut der Schloßbauer! Obs aber noch drinnen so blank und so schmuck aussieht, wie von Außen, das ist noch a Frog. Die Herrlichkeit und die Pracht wird bald vorbei sein und sie werden ausziehen müssen, wie die Kinder Israels in der Wüste. Hab' ich doch die ganze Bauernpracht in meinem Sack auf am a klane Boge Papier. (Zieht ein Papier heraus und betrachtet es wohlgefällig.) Auf dem schlechten Papier, was ist gemacht aus Lumpen, da stehen geschrieben und versichert zehntausend Franken und mit den zehntausend Franken hab' ich im Sack, was ich brauch und was ich will und der Schloßbauer ist koput, wenn er nicht wird können zahle. Und hätt ich nicht so a sanft Gemieth und hätt mich nicht begnügt mit 25 Prozentcher, so wär der Schloßbauer schon lange futsch; aber besser ist besser und hab' ich erst wollen abwarten, bis ihm's Wasser — waß Gott — läuft bis in sein Bauernmaul. Aber jetzt ist mir ausgegangen mei Sanftmuth und ich will mir gewinne des Bauern Haus und Hof, so wahr ich bin der Jüd Moses Schmul. (Will in's Haus gehen.)

Fünfter Auftritt.

Moses. Lux
Lux. Jude, halt!
Moses. Au weih g'schrie'n — was hat mich der Herr doch erschreckt!

L u r. Du bist ein Halunk, Jude und willst einen unglücklichen Mann vollständig zu Grunde richten.

M o s e s. Verzeih'n Se mer, — ich hab net die Ehre Sie zu kennen, — aber en ehrlicher Jüd, der sein Geschäft macht, ist kein Hallunk, mit Verlaub zu bemerken.

L u r. Einerlei! Wir haben vielleicht gleiche Absichten, jeder in seiner Weise. Du sollst das D e i n e haben und ich das M e i n e. Da nimm den Brief an den Schloßbauern mit. Er dient uns Beiden.

M o s e s. Ist der Herr vielleicht auch ein Gläubiger von dem Schloßbauer?

L u r. Wohl, ich bin's und bin gewissermaßen dein Gesellschafter. Sei ganz ruhig, gib ihm den Brief; hörst du, Jude?

M o s e s. (für sich). Und warum sollt ich nicht geben dem Schloßbauern den Brief, waß ich auch net was b'rin steht geschrieben? Was kann's mer schaden? hab ich doch meine Schuld verprotekolirt beim Gericht. (zu Lur.) Nu, so will ich denn thun dem Herrn sei Wille, so wahr mir Gott helfe. (Ab in das Haus.)

Sechster Auftritt.

L u r. (allein.)

Er geht wohl in die Falle, da ich Rettung
Verheißen ihm; mir kam der Jud gelegen.
Der wird ihn drängen, so daß Michel rathlos
Zu mir sich flüchtet.
(Betrachtet einen Ring an seinem Finger.)

Komm denn Wunderstein,
Hellschimmernder Karfunkel, und bewähre
Die mag'sche Kraft; senk deinen glüh'nden Strahl
Ihm tief ins Herz und blende seine Sinne.
— Er kömmt! nun rasch voraus zum Stelldichein!
(Ab.)

Siebenter Auftritt.

Michel (kommt verstört aus dem Hause.)

Michel. Zahlen, zahlen und kein Geld! 10,000 Franken — oder fort heißt's aus Haus und Hof mit Weib und Kind! Der Jud hat's in Handen! und meine andern Schulden auch dazu! was will ich machen? Acht Tage hat er mir noch Termin gegeben, aber wenn ich bisdahin nicht bezahlen kann, dann ist's aus. (Blickt auf Lur's Brief, den er in der Hand hat und liest:) „Obgleich du nichts mehr von mir wissen willst, bin ich doch noch immer dein Freund. Ich kann dir Geld verschaffen, so viel du brauchst, ja noch mehr als dies. Du findest mich am schwarzen Graben bei der alten Eiche. Dort erwarte ich dich. Komm gleich!" — Das hat mir der Lur geschrieben. (Nach einigem Nachdenken.) Was bleibt mir? Elend und Schande? Nach jedem Rettungsmittel muß ich greifen. Oder soll ich ganz zu Grunde gehen? Nein, nein! Ich bin ja der Schloßbauer. Und wär's etwas Unrechtes, (so steht's noch bei mir, ob ich will, oder nicht will. (Rasch ab dem Lur nach.)

(Verwandlung.)

Zweite Scene.
(Das Waldhäusli, Spelunke im Walde, aus welcher der Lärm zechenden Gesindels erschallt.)

Erster Auftritt.

Toni (vor dem Waldhäusli stehend), dann der **Buchenbauer**.

Toni (herausrufend). Buchenbauer! Siehst noch Nichts?

Buchenbauer (kömmt herein). Nichts sehe ich.

Toni. Aber der Vater bleibt lang aus. Die werden ungeduldig da drinnen, weil sie nichts mehr zu trinken haben.

Buchenbauer. Ich auch, ich werde ungeduldig, mein Schnapsglas ist schon längst leer, deßhalb stehe ich hier, um zu schauen, ob bald neuer Stoff für durstige Kehlen anrückt.

Toni. Ja höre Buchenbauer, bleib' noch da draußen und paß' auf, weil der Vater noch nicht da. Er holt ja ein Faß Branntwein. Stell' dich nur an die große Buche hin, wo der Mühleweg vorbei geht. Wenn du allenfalls die Landjäger kommen siehst, laufst du gleich herein, damit sie zu spielen aufhören.

Buchenbauer. O die kommen ja das ganze Jahr nicht zwei mal in den Wald.

Toni. Ja, aber sie müßen doch wieder etwas gerochen haben beim Amt. Wie sie nämlich den rothen Veit beim Einbrechen erwischt haben, hat der im Verhör etwas vom Waldhäusli geplaudert, der Lump; und hat ihm der Vater doch schon oft durchgeholfen. Weißt du doch selber daß er einmal vierzehn Tage bei uns verſteckt war. Geſtern hat der Vater vom Amt den Wiſch da bekommen, da ließ: (zieht ein Papier hervor und lies̈t.) „Da man neuerdings in Erfahrung gebracht hat, daß in dem „Waldhäusli" ſich häufig ſchlechtes Geſindel aufhält" — So, ſchlechtes Geſindel ſollen wir beherbergen? Wart Amtmann, das wollen wir dir einſtreichen — (fährt fort) ſchlechtes Geſindel aufhält, auch dort ſelbſt geſpielt und andern Unfug getrieben wird, überdieß der Waldhäusler nur ausnahmsweiſe die Erlaubniß hat, den Holzarbeitern und dem Forſt- und Jagdperſonal, ſowie den Waldhütern geiſtige Getränke abzugeben, ſo wird derſelbe ernſtlich verwarnt, und hat im Betretungsfalle die angemeſſene Geld- oder Arreſtſtrafe, im Wiederholungsfalle die Entziehung der erwähnten Erlaubniß zu gewärtigen.

Buchenbauer. Da heißt's freilich aufpaſſen.

Toni. Alſo ſei geſcheidt und ſchön ſtill auf deinem Poſten.

(Ab ins Haus; der Buchenbauer in den Wald.)

Zweiter Auftritt.

Michel. Lur.

Michel. Geh, mach mir nichts weiß, ich glaube bald, du willſt mich zum Narren haben.

Lur. Was, ein ſo guter Freund, wie ich bin, dich zum Beſten haben? Nein, nein. Es gibt ja auch Sonderbarkeiten und Künſte auf der Welt, von denen nicht alle Leute wiſſen. Und im Krieg, da lernt man Allerhand; hab' überdies von meinem Vater manch' Geheimniß geerbt, der war ein ſchlauer Kunde; kurz Du kannſt mir glauben. Ist's denn nicht ein Opfer, das ich Dir bringe?

Michel. Ja, das wohl! aber lueg, wie wär's denn möglich, daß so ein kleines Steinchen —

Lur. Ein Steinchen? oh! nicht wahr, das ist Dir zu rund. Wenn ich Dir aber sage, daß der Karfunkelstein mir schon oft guten Dienst geleistet hat.

Michel. Möglich; aber das kann mich nicht überzeugen, hab' meiner Lebtag an die Altweibergeschichten keinen Glauben gehabt.

Lur. Altweibergeschichten! Sympathiemittel! das nennt Ihr Wunder, oder glaubt nicht daran. Und was sind denn Wunder auf der Welt? Du bist ein Bauer, Michel; was denkst Du Dir denn, wenn Du Dein Korn aussäest, und wenn die grünen Halme aufschießen nach ein Paar Wochen und die kleinen Gräser hochaufwachsen und wie Gold in der Sonne glänzen mit ihren schweren Aehren d'ran, und wenn Du die schweren Garben heimführst zum Dreschen? Das ist alles in dem kleinen Körnlein gesteckt! Oder wenn Du einen Zwetschgenkern in's Erdreich legst und Du kannst mit der Zeit im Schatten unter dem Baume sitzen, der daraus gewachsen und hängen Dir die blauen Zwetschgen in's Maul? Dies siehst Du freilich alle Tage und weil Du dergleichen gewohnt bist, hältst Du's für kein Wunder? O Bauernweisheit! Wenn ich Dir aber sage, daß in dem kleinen Karfunkel an dem Goldringe da Wunderkraft geborgen ist, so willst Du's nicht glauben? Es ist aber eigentlich nichts Anderes, als die geheime und allgemeine Kraft des Naturgeistes, die auch Sonne und Mond scheinen läßt.

Michel. 'sist wohl wahr: Was alle Tage vor unsern Augen liegt, das wird uns gewöhnlich.

Lux. Und verliert den Anschein des Wunderbaren, wenn's auch immer ein Wunder bleibt. So ist's denn auch mit dem Karfunkel. Wenn ihn Jeder hätte, wie das Saamenkorn, so wär's dasselbe. Zeig' so ein Getreidekörnlein Einem, der nie etwas davon gewußt hat, und sag' ihm: da steckt das Brod drinnen, oder zeig' ihm eine Eichel und sag ihm: da steckt der größte Eichbaum drinnen, so wird er Dich einen Narren schelten. Siehst Du Michel! In dem Karfunkel liegt eben die besondere Kraft, daß wer ihn am Finger trägt, im Spiel nicht verliert, sowie der schöne Ametist gegen Trunkenheit wirkt, wenn man ihn am Halse trägt, oder der Rubin das Gift erkennen läßt; darfst ihn nur in's Getränk halten, wenn Du fürchtest es sei vergiftet! da wird's gleich trüb und macht einen Satz am Boden.

Michel (begierig). So gib den Ring her, gib ihn her.

Lux. Aha! ungläubiger Thomas! da hast Du ihn; (gibt ihm den Ring) will ihn Dir leihen und wünsch' Glück. Hab' ihn von einem polnischen Juden bekommen, den ich aus dem Wasser gezogen tief in Ungarn unten; kam gerade dazu, als ihn Spitzbuben beraubt und in den Fluß geworfen hatten. Aus Dankbarkeit gab er mit den Wunderstein. Jetzt probir Dein Glück! Hast mich ja immer damit gewinnen sehen. Spiel nur fleißig, so wirst Du Deine Schulden bald abbezahlt haben.

Michel. Du bist halt doch ein Goldkerl, Freund!

(Steckt den Ring an den Finger.) So komm' liebes Ringlein, wir wollen's zusammen probiren!

Lur. Gern leih' ich Dir den Wunderstein. Tausende kannst Du durch ihn gewinnen. Und wenn Du seiner nicht mehr bedarfst, gib mir ihn zurück. Aber merk' Dir's: am **Freitag** hat der Stein keine Kraft; da verliert man wieder Alles, was man gewonnen.

Michel. Will mir's schon merken, wenn man sechs Tage in der Woche gewinnt, kann man am siebenten schon aussetzen mit Spielen. (Gegen das Waldhäusli tretend.) Wartet Kammeraden, ich will Euch's zeigen! Heut' sollt ihr mich kennen lernen! (Ab in's Haus.)

Dritter Auftritt.

Lur.
Geh' nur, zeig ihnen Deine Thorheit, geh!
Mit leuchtendem Karfunkel an dem Ringe
Gewinn, um Deine Seele zu verlieren,
Die Du im Spiel mit mir hast eingesetzt.
Halb bist Du mein und bald hab' ich Dich ganz.
Was ist's doch um des Menschen edle Freiheit,
Die halb verkauft ist schon beim ersten Tritt,
Wenn ihm nicht gleich der feste Vorsatz folgt
Noch einzulenken in die Bahn der Tugend?
Mit jedem neuen Falle aber schwächt
Der Wille sich, allmählig fehlt die Kraft
Des Widerstands, der Schwache ist gefangen.
Zum Kettenschmieden schafft ich das Metall
Schnell bildet aus den losen Gliederringen
Sich eine Reihe, die ich um ihn schlinge.

Nicht lange währt's, die Kette wandelt sich
Zum Riesenleib der glatten Höllenschlange,
Die immer enger, fester ihn umschließend
Ihn mit sich reißt in's Reich der ew'gen Nacht.
(Ab in's Haus.)

Vierter Auftritt.

Der Waldhäusler (ein Fäßchen Branntwein auf einem Schubkarren.)

Der Waldhäusler. Schon wieder ein Faß voll hergeschleppt! Was das Galgengesindel sauft! 'sist kaum zu glauben. Jede Woche so eine Portion! Eine saubere Sippschaft, von der ich zehre, bis uns einmal der Teufel alle zusammenholt, wenn ihm nicht der Amtmann mit seinen Landjägern zuvorkommt. Den rothen Veit haben sie mir schon weggefischt. Der hat's aber auch gar zu arg gemacht: bei tagheiterm Licht einzubrechen, das ist zu viel gewagt. Hab's ihm aber vorausgesagt: Kerl, du wirst zu frech! mach's wenigstens gescheidter, sonst kriegen sie dich beim Kragen! Richtig, so ist's auch gekommen. Jetzt sitzt er fest. Hab' eine gute Kundschaft an ihm verloren. Den Viertheil vom Raub, das war kein schlechtes Geschäft für Unterschlupf und Aufheben im Keller! Mit dem Maurerjörg wird's aber auch so gehen; bringt mir der Bursch vorgestern zwei goldene Uhren, sechs silberne Bestecke und eine goldene Halskette, die er dem Goldarbeiter gestohlen, wie er gerade seinen Laden zumacht. (Lärm in der Kneipe.) Oho! was giebt's da wieder? Ist ihnen halt der Branntwein ausgegangen, daß sie so ein Mordspektakel machen? Geduld, Geduld ihr

ausgebrannten Höllengurgeln, ich komm' schon mit der Munition zu Hülf!
(Schiebt den Karren mit dem Faß gegen das Haus. Aus der Thüre stürzen Alle heraus [etwa 5—6 Kerle, charakterisch kostümirt und als Lumpengesindel erkennbar] mit ihnen Toni, Peter, Michel und Lur.)

Fünfter Auftritt.

Die Genannten. Michel hat den Peter bei der Brust gepackt.

Lur. Wart Halunk! Was hast Du gesagt?

Peter. Laß los, Michel!

Michel. Ich laß nicht los! der Kerl hat mich beschimpft.

Ein Anderer. Ja, der Michel hat Recht! beschimpft hat er ihn.

Peter. Michel, laß los! Und ich sag' es noch einmal, Du hast falsch gespielt. Wie hättest Du alleweil gewinnen können?

Michel. Hörst's Waldhäusler, was er sagt?

Waldhäusler. Seid ruhig! macht keinen solchen Lärm. Man kann's ja auf dem Amthaus hören!

Peter. Einen solchen Spitzbuben solltest Du in Deinem Hause gar nicht leiden!

Ein Anderer. In so ehrlicher Gesellschaft! Wir haben's auch gesehen, daß der Michel falsch gespielt hat. Es ist rein unmöglich, immer zu gewinnen.

Waldhäusler. Geht nur wieder in die Stube. Drinnen könnt' Ihr's mit einander ausmachen.

Michel (packt den Peter wieder). Warte Kerl, weil ich gewonnen habe, soll ich betrogen haben?

(Der Waldhäusler drängt Alle in's Haus hinein.)
Waldhäusler (allein.) Das ist ein Gesindel! Ich muß machen, daß ich sie heute bald auseinander bringe. Getrunken haben sie auch schon zu viel; auf die Letzte bleibt mir gar Einer liegen. (Lärm im Hause.) Oho! Sie lassen nicht los! (Geht an die Thüre.) Ruhig! Ruhig!
Einer (stürzt heraus.) Waldhäusler! Der Peter ist gestochen!
Waldhäusler. Um Gotteswillen! (will hinein.) (Michel und Lux, dieser den Erstern fortziehend.)
Lux. Fort! fort, Michel! Der Peter hat das letzte Mal gespielt! Du hast ihm den Garaus gemacht!

(Ende des zweiten Aufzuges.)

… Dritter Akt.

Erste Scene.

(Gefängniß im Gerichtshause. Strohlager. Wasserkrug.)

Erster Auftritt.

Michel (in zerlumpten Kleidern.)

So weit bin ich jetzt, daß ich im Thurme sitze auf dem Strohsack. Und wenn's damit abgethan wär' aber weiß Gott, was noch nachkömmt! Daß der Peter an dem Stich gestorben ist, was kann ich dafür! Er hätte grad' so gut auch davon kommen können. Hat er mich nicht beschimpft? (Pause.) Wenn ich aber Alles so recht überlege, wie es eine Zeit lang hergegangen ist, so mußte es so kommen, wie es ist. Das verdammte Spielen und das Trinken zuletzt auch noch, das war mein Unglück. Hätte ich anders gelebt, wäre ich ein ordentlicher Bauer geblieben; hätt's leicht verschmerzen können, daß mir der Hof abgebrannt ist; das ist auch Andern schon geschehen, und sie sind nach und nach wieder aufwärts gekommen. Hätt' ich nur ordentlich und fleißig fortgehaust, wie's die Katharine gewollt hat. Aber der habe ich halt nicht gefolgt, sondern dem Lyr; der Kerl ist eigentlich an Allem Schuld, und der verfluchte Karfunkel auch — da hab ich ihn ja noch am Finger. (Betrachtet den Ring.) Ja gewinnen hilfst du, damit Einer verloren ist; denn was man in sechs Tagen gewinnt, das verspielt man am siebenten und seine Seele noch dazu! Marsch' fort mit Dir, ich brauch' Dich nicht mehr, muß ich doch jetzt mit Ratten oder Mäusen spielen in meinem Käfig da! (Wirft den Ring in eine Ecke.) Was hat aber eigentlich der Lur mit mir gewollt! Er hat sich an mich gehängt, ich weiß noch nicht warum, ein wildfremder Bursch? Was hat er an mir gehabt? Was ich an ihm? Er hätte mich nicht gebraucht, ich ihn noch viel weniger, denn auf seinen Rath bin ich zu Grunde gegangen. Michel, das hättest Du zur rechten Zeit bedenken sollen, jetzt ist's zu spät! Ich weiß es noch, als wenn es erst gestern gewesen wäre, wie ich das erste Mal mit dem Lur gespielt, und wie der alte Buchenbauer darin gesessen ist, der mich schier verspottet hat, der alte Lump! Bin nun selber ein Buchenbauer geworden, ja noch viel schlechter. An Weib und Kind darf ich gar nicht denken! Die arme Kathri! — Wie sieht's wohl bei Dir aus, Schloßbäuerin? Die Kinder laufen wohl in zerrissenen Gewändern herum und barfuß? Kannst ihnen etwa nicht einmal eine gute Suppe kochen, gelt? Wo soll sie denn noch Mehl und Schmalz und Milch hernehmen? Hast Du denn noch ein Stück Vieh? Nichts hast Du mehr, gar nichts! Alles hat bein Mann verthan! und jetzt sitzt er im Käfig auf einem elenden Strohsack! Mein Gott! mein Gott! so weit ist's mit mir gekommen! Wenn ich nur ein Vaterunser beten könnte!

Aber es geht auch nicht mehr! Meine Heiligen sind die Kartenmannli geworden, Kreuzbub und Schaufelbub, die halten Wacht bei mir mit Seitengewehr und Spieß! Um was könnte ich auch unsern Herrgott bitten? Daß ich die Lumperei aufgeben wolle? Die hat nun schon von selber aufgehört; aber einen Zorn habe ich über mich und die ganze Welt, daß ich Alles zerreißen könnte! Wie oft hat mich nicht die Kathri gewarnt! wie oft hat sie mich nicht mit aufgehobenen Händen gebeten: Sei gescheidt, Michel, verlaß' unsern Herrgott nicht! Ja, gehört hab ich's wohl, aber es ist mir nicht in's Herz gegange' und endlich hab ich die Kathri noch geschlagen, wenn sie mir wieder mit so etwas gekommen ist! Heut' sind's gerade vier Monat, daß ich im Waldhäusli den Peter erstochen hab', nachher hat mich der Lur fortgenommen, von einem Lumpennest ins Andere, bis sie mich halt doch erwischt haben. — (Das Schloß an der Gefängnißthüre wird von Außen aufgesperrt.) Aha! da kommt mein Wärter, der Gerichtsbiener und schaut nach, wie sich der Michel aufführt und bringt mein Stücklein Brod. (Die Thüre öffnet sich, der Gerichtsbiener läßt Katharine herein.)

Zweiter Auftritt.
Michel. Gerichtsbiener. Katharine.

Gerichtsbiener (an der Thüre.) Schloß-bäuerin, jetzt könnt' Ihr eine Weile bei ihm bleiben, in einer Viertelstunde hol ich Euch wieder ab. (Geht ab und sperrt von Außen.)
(Katharine fällt dem Michel schluchzend in die Arme.)

Michel. Kathri! Du bist's!

Katharine. Michel, Michel, so weit hat's bei Dir kommen müssen?

Michel. Ja, so ist's gekommen.

Katharine. Und wer ist Schuld daran?

Michel. Das hättest Du nicht zu fragen brauchen! Die Antwort steht bei Dir.

Katharine. Gott ist mein Zeuge, ich komme nicht, um Dir Vorwürfe zu machen. Die Liebe und die Pflicht haben mich zu Dir getrieben und das Mitleid. Ich habe es nimmer aushalten können und da bin ich zum Herrn Gerichtspräsidenten gegangen und habe ihn fußfällig gebeten, er möchte mir erlauben, daß ich Dich im Gefängniß besuchen und Dir ein Bischen was zum Essen mitbringen darf. „Ja, hat er gesagt, könnt Euern Mann schon besuchen, heute oder morgen wird doch das Urtheil kommen."

Michel. Das Urtheil? Weißt Du schon welches?

Katharine. Sie wissen's noch nicht beim Gericht, wie das Obergericht entschieden hat, aber der Präsident hat den Kopf geschüttelt und erwartet nichts Anderes als die Bestätigung des Urtheils vom Untergericht. O Michel! Die Schande, wenn Du hingerichtet würdest, oder auf Lebenszeit in's Zuchthaus kämest! Ich würde es nicht überleben!

Michel Wird wohl so herauskommen, denn der Peter —

Katharine. O sei still, Gott hab ihn selig — ich weiß ja — (Nach kurzer Pause.) Aber wie schaust Du so elend aus? So elend!

Michel. Gelt, kein guttuchener Rock mehr auf

dem Leib, keine schöne rothe Weste mehr an und keine
silberne Uhrenkette? Ja, ich werde jetzt bald eine schöne
Kette von Eisen tragen, die recht klappert.

Katharine. Schweig doch Michel! (Ablenkend
und beruhigend.) Lueg, da hab ich Dir eine Flasche
Wein mitgebracht, die hat mir der Pater Nikolaus für
Dich gegeben. Er läßt Dich schön grüßen und betet
fleißig für Dich. So laß' Dir's schmecken. (Michel
trinkt.) Gelt, das schmeckt Dir, hast schon lange nichts
so Gutes gehabt?

Michel. Meine Kost ist jetzt schlechte Habersuppe,
Wasser und Brod; Erdäpfel am Sonntag.

Katharine. Jetzt hör' Michel. Wenn das Ur=
theil heraus ist — wer weiß wie? vielleicht gibt's
doch noch Mittel und Wege, daß Du begnadigt wirst.
Das ist schon öfters vorgekommen, denn im Großen
Rathe seien gar brave und gutherzige Herren — und
daß Du den Peter erstochen hast — Gott tröste ihn
— das ist ja im Rausch und im Zorn geschehen, —
im Affekt, wie die Herren sagen; was das ist, weiß ich
nicht — und der Peter hat Dich ja geschimpft und
so ist er auch gleich auf dem Platze geblieben. Das
könnt' ja doch etwas ausmachen beim Prozeß und der
Gerichtsschreiber meint's auch; wenn Du nur einen
geschickten Advokaten zum Vertheidiger kriegest beim
Obergericht und den kannst Du Dir ja selbst wählen.

Michel. Was will ich machen? Nach den Akten
wird halt gesprochen.

Katharine. Unser Herrgott wird schon Mitleid
mit Dir haben; Du bereust ja Alles, und wenn Du
wieder begnadiget worden bist, lueg, nachher fangen

wir wieder frisch mit einander an. Wir wollen fleißig haushalten; der Hof gehört uns nicht mehr, er ist vor acht Tagen dem Moses zugesprochen worden auf der Gant und in acht Tagen muß ich mit den Kindern in's Armenhaus ziehen; den Natzi nehmen sie in's Kapuzinerkloster zur Gärtnerei. Lueg, wir werden schon ohnedem ein Stüblein kriegen, wenn Du frei bist und gesund, Arme haben wir noch zum Arbeiten, Du gehst in den Taglohn und ich kann nähen und gehe auf die Stör. So kann Alles noch gut werden; die Leute haben uns immer gern gehabt und das Andere werden sie auch vergessen.

(Das Schloß wird von Außen geöffnet.)

Dritter Auftritt.

Vorige. Der Gerichtsdiener.

Der Gerichtsdiener (an der Thüre.) Schloß= bäuerin, es wäre jetzt Zeit.

Katharine. O weh, muß ich schon wieder fort?

Gerichtsdiener. Ja, gute Frau, es wird schon Nacht und war es ohnehin eine besondere Gnade, daß Euch der Herr Präsident die Erlaubniß gegeben hat.

Katharine. In Gottes Namen! So sei halt getrost, Michel! Ich will schon recht beten.

Michel. Behüt Dich Gott, Frau! — die Kinder! — (Wirft sich auf's Bett. — Pause. — (Gerichts= diener und Katharine [weinend] ab.)

Vierter Auftritt.

Michel (allein).

Michel. Es wird Nacht, da sollte auch der Schlaf kommen; aber der Kummer ist auch dabei und das sind zwei zänkische Kameraden und taugen nicht zusammen und wollen sie bisweilen Frieden machen, so kommt gleich auch das schlechte Gewissen dazu; das klopft und klopft, daß Einem die Augen offen bleiben müssen. Das Bischen Wein hat mir aber wohl gethan; ja die gute Katharine — (Er wird schläfrig) ja — wenn's so ging — wie sie meint — aber — 's ist wohl zu spät. (Schläft ein.) —

Fünfter Auftritt.

Michel. Lur (zeigt sich hinter dem Gitter des Fensters mit einer Blendlaterne.)

Lur. Er schläft! ich will ihn wecken und befrei'n
Aus dieser Haft, um enger ihn zu fesseln,
Die Ketten brech ich, andere ihm zu schmieden!
Ei, beinah' wär' er auf bessern Wegen.
Die Reue klopft an seines Herzens Pforte.
Doch klafft der Abgrund noch, d'rum immer vorwärts!
Er soll, er kann nicht mehr zurück; ich spiel'
Den letzten Trumpf aus und er ist verloren!
(Ruft.) Michel, Michel!

Michel (aus dem Schlafe fahrend.) Wer ruft? wer weckt mich aus meinem Schlaf; Ist's schon Zeit?

Lur. Michel, ich bin's.

Michel (betroffen.) Ha, Du bist's? Wie kommst Du aber da hinauf?

Lur. Du weißt ja, ich bin ein gar gewandter Gesell; wart ich komme zu Dir hinein. (Löst die Eisenstäbe und steigt hinein.) So! da wären wir.

Dein Freund wird Dich doch nicht im Stich lassen? Wir haben uns ja nicht mehr gesehen, seit Du daherinnen logirst.

Michel. Ja, ich wollt' ich hätt' Dich niemals gesehen!

Lur. Oho, ein schöner Dank für meine Anhänglichkeit.

Michel. Die mich in's Gefängniß und in all' mein Unglück gebracht hat.

Lur. So, und die Dir aber wieder aus der Patsche helfen wird.

Michel. Wie so? Das kannst Du nicht mehr.

Lur. Die Strickleiter, auf der ich da hinaufgekommen bin, die wird Dir auch hinabhelfen.

Michel. Und was denn? Sie werden mich doch wieder einfangen und dann bleibt's beim Alten.

Lur. Klugheit und Vorsicht! Es wird sich zeigen, wer der Schlauere ist; Deine Freiheit ist zuerst einmal die Hauptsache. Ist einmal der Vogel aus dem Käfig geflogen, so kann er hinfliegen, wo er will.

Michel. Wenn ihm die Flügel nicht gestutzt worden sind. Geh, laß' mich lieber da. Ich will mein Schicksal geduldig abwarten.

Lur. Zu der Geduld gratulir' ich, die bringt Dich in's Zuchthaus.

Michel. Ist das gewiß?

Lur. Der Spruch ist gekommen, der Peter erstochen, das heißt, an den Folgen des Stiches gestorben; Zeugen genug; dann alle Deine andern Lumpereien dazu; wie könnt's anders ausgefallen sein? Eine hübsche Unterhaltung, im grauen Kittel Körbe zu flechten oder Straßen bauen zu helfen, damit andere Spitzbuben bequemer darüber marschiren können.

Michel. Herrgott im Himmel! Ist's wirklich so? Ich, der Schloßbauer im Zuchthaus?!

Lur. Folge mir, ich bringe Dich über die Grenze: für Weib und Kinder hat die Gemeinde zu sorgen und Du könntest ihnen ohnedies nicht helfen. Bist Du außer Land, so kannst Du in Amerika Dein Glück suchen; es ist erst jüngst wieder so ein Vogel zurückgekommen, steinreich. Gleichviel, ob man sein Geld auf rechtem oder unrechtem Wege verdient, wenn man nur reich ist.

Michel. Aber das Weib! Die Kinder!

Lur. Ist's ihnen lieber, wenn der Vater im Zuchthaus sitzt? Jetzt schon zeigt man auf die Schloßbäuerin mit dem Finger und schaut sie über die Achsel an. Bist Du aber durch, so wird's heißen: „Der Michel ist ein Teufelskerl, der hat's gescheidt gemacht."

Michel. Freilich, zu bedenken wär' es.

Lur. Nichts ist zu bedenken! Da ist nur ein Ausweg und der heißt: Vogel, friß' oder stirb! und a propos, was die Katharine anbelangt, so kannst Du's auch etwas leichter nehmen; ihr alter Schatz, der Martin, kehrt fleißig bei ihr ein.

Michel. Das lügst Du! Die Katharine ist spiegelrein und treu.

Lur. Ha, ha! spiegelrein wie ein Spiegel, an dem das Quecksilber schwarz geworden und ist auch nicht Alles Gold, was glänzt! Und was wär's denn weiter? Der Mann sitzt im Thurm, da muß die Frau für eine andere Unterhaltung sorgen. Heute haben sie sich wieder zusammenbestellt um dieselbe Stunde, zu der sie wöchentlich ein Paar Mal zusammenkommen, so des Abends, wenn die Kinder schlafen; das hab' ich mir erschnüffelt.

Michel. Lux, Lur! wenn's wirklich so wär'!

Lur. Nun, so komm; kannst Dich selbst überzeugen; 's ist Zeit. Ich steige voran, um zu sehen, ob das Revier frei ist. Der Gerichtsdiener sitzt im Wirthshaus und den Hofhund drunten, den habe ich still gemacht. (Steigt durch das Fenster und spricht dann auf der Strickleiter stehend, von Außen herein.) Alles ist still, das Feld ist frei, also vorwärts! (Michel folgt ihm nach.)

(Verwandlung.)

Zweite Scene.
(Stube in Michels Hause, wie im zweiten Aufzuge.)

Erster Auftritt.

Katharine (mit einem Licht eintretend.)

Wenn nur der Martin bald käme! Wen hätte ich auch sonst? Die Leute im Dorf gehen mir aus dem Weg, Niemand würde mir wohl einen Gefallen thun und Dienstboten habe ich keine mehr. So geht's auf der Welt! Die Schloßbäuerin haben sie wohl gekannt, aber die arme Kathri mit ihren drei hungrigen Kindern, die schaut Niemand mehr an. Bin halt jetzt ein arm, arm Weib und habe Niemand mehr zum Trost als Gott und das Gebet. (Kniet an einen Stuhl nieder und bleibt einige Augenblicke im Gebet versunken. Rasch dann aufstehend und die Thränen abwischend.) Ich hoffe doch, daß der Martin den Bericht bekommen hat, hab' ja mein Brieflein dem Boten selbst gegeben, wie er durch's Dorf gefahren ist. Er wird's auch gewiß gern besorgen und mir zu lieb den Gang in die Stadt machen; ich konnte ja der Kinder wegen nicht fort.

Zweiter Auftritt.
Martin. Katharine.

Martin. Schloßbäuerin, da bin ich. Was wolltest Du von mir? Ich bin gleich hergelaufen, wie im Galopp.

Katharine. Dank Dir's tausendmal! Wolltest Du mir vielleicht in die Stadt gehen?

Martin. Und wenn's hundert Stunden weit wäre!

Katharine. Ich habe ja Niemand sonst, der es thäte.

Martin. Auf mich kannst Du zählen, sage nur, was zu thun ist.

Katharine. Meine Schwester, die ist beim Advokaten Haffner im Dienst, der soll der geschickteste Rechtsgelehrte in der Stadt sein.

Martin. Die Therese, gelt?

Katharine. Ja, die Therese. Lueg, geh' halt zu ihr und sage ihr, sie möchte gleich mit ihrem Herren reden, was denn wegen dem Michel zu thun wär' und ob ihm gar nicht zu helfen ist. Der Advokat muß es ja verstehen und er soll gar ein guter Herr sein, der den Leuten gern hilft, wo's möglich ist.

(Im Hintergrunde erscheint Michel.)

Ich bitte Dich recht schön darum. Wenn Du gleich fortgehst, so kannst Du schon in aller Frühe in der Stadt sein und Morgen Abend schon die Antwort bringen

Martin. Wenn's weiter Nichts ist, das kann leicht geschehen.

Katharine. (gibt ihm die Hand.) Gott vergelt Dir's!

Martin. Weißt auch, Katharine, wie Du mir oft Deine Hand gegeben hast — draußen bei der Hollunderstaude am Brünneli hinter dem Haus, wenn Du um's Betzeitläuten Wasser geholt hast?

Katharine. Lassen wir die alten Zeiten und mahne mich nicht daran. Was vorbei ist, ist vorbei.

Martin (ihr die die Hand schüttelnd.) Wer weiß, wie's der Wille Gottes ist.

Katharine. Er wird's schon recht machen.

Martin. Hast Recht, Katharine! Ich will jetzt gehen, behüte Dich Gott!

Katharine. Ja geh' und bringe mir gute Botschaft.

(Martin geht gegen die Thüre. Michel tritt ihm rasch entgegen.)

Dritter Auftritt.

Katharine. Martin. Michel.

Michel. Hab' ich Euch jetzt? Gelt, das ist eine Ueberraschung?

Katharine. Herr Jesus! Du bist's Michel? Wie kommst Du her?

Michel. Freilich zu ungelegener Zeit, Du Heuchlerin!

Katharine. Ich bin keine Heuchlerin; wie kommst Du mir vor? Aber wie ist's möglich —

Michel. Daß ich da bin? Nicht wahr? Das hättet Ihr nicht gehofft, Du und der Martin. Aber ich bin zur rechten Zeit da.

Martin. Ja wohl, zur rechten Zeit. Wir haben kein Unrecht vor Gott und der Welt.

Katharine. Sag' nur, wie Du frei geworden bist.

Michel. (höhnisch.) O Du fromme Taube Du!

Martin. Die Katharine ist ein braves Weib, das solltest Du schon selber wissen und ich stehe dafür ein.

Michel (im höchsten Zorn.) Mach, daß Du hinaus kommst, Du Einsteher oder ich könnte mich an Dir vergreifen. Ich habe mit der Katharine allein zu reden.

(Martin macht eine drohende Geberde, Katharine beide besänftigend.)

Katharine. Geh, Martin, geh.

Martin. Ja, ich gehe! Den Hausfrieden will ich nicht stören. Deine Frau kann Dir selber sagen, warum ich da war. (Bei Seite zu Katharine.) Ich bleibe in der Nähe. Der Michel ist zum Fürchten! (Ab.)

Vierter Auftritt.

Katharine. Michel.

Michel. So — jetzt laß uns Eines diskuriren.

Katharine. Rede nur; ich habe Nichts zu scheuen.

Michel. Mir ist jetzt Alles Einerlei. Ich gehe nach Amerika; nachher kannst Du Deinen Martin haben, denn ich komme nie mehr zurück.

Katharine. Schäme Dich, Michel, so etwas zu sagen! Habe ich das um : ich verdient?

Michel. Habe ich mich nicht selbst überzeugt? Was nützt Dein Läugnen?

Katharine. Kränke mich nicht noch mehr, als es schon geschehen. Das ist arg, zu arg!

Michel. 'S ist arg genug, wie es ist; aber es thut weiter Nichts. Mit uns zwei ist es aus. Bleib' ich bei Haus, so bin ich verloren; aber Geld brauche ich auf die Reise.

Katharine. Aber Michel! Laß Dir doch sagen, der Martin —

Michel (immer aufgeregter.) Schweig! Geld, Geld brauche ich!

Katharine. Woher sollt ich Geld nehmen? Ich sehe es wohl ein, daß Du fort willst, fort mußt, da es einmal so weit mit Dir gekommen ist; aber wäre es denn nicht besser gewesen, Du hättest Dein Urtheil abgewartet. Lueg, deßwegen hab' ich ja den Martin —

Michel. Nichts vom Martin! Geld muß ich haben.

Katharine. Ich habe keins, Du weißt es ja selber.

Michel. Du hast noch Geld, das weiß ich. Im Kasten in der Schlafkammer liegen noch ein Paar Thaler im Sparhafen der Kinder.

Katharine. Das gehört den Kindern und ist ihr Letztes. Was könnten Dir die paar Thaler helfen? Laß sie ihnen, ist's doch ihr letzter Nothpfennig, ich werde es bald zu Kleidchen für sie brauchen, damit sie nicht im bloßen Hemdchen dastehen.

Michel. Was Nothpfenning? Bei mir ist die größte Noth! Nackend sollen die Fratzen herumlaufen, denn Zucht und Scham ist schon längst ausgezogen aus des Schloßbauern Haus, seit die Frau —

Katharine. Nein, der Mann hat sie aus dem Haus geschleppt!

Michel. Und die Mutter hat für das Uebrige gesorgt!

Katharine O weh! o weh! Das ist hart.

Michel. Gotteslästerliches Weib! her mit dem Geld, weiter brauchts Nichts.

Katharine. Laß Dir von Deinem Lur helfen.

Michel. Mach' keine Flausen; gib mir den Schlüssel.

Katharine. Nein, das thu' ich nicht.

Michel. Du mußt und ich will's!

Katharine (auf den Knieen.) Alles, Alles will ich für Dich thun, allezeit habe ich Dir meine Liebe bewiesen! rein bin ich und unschuldig und treu!

Michel. Auf, auf! was braucht's des Lamento.

Katharine. Nein, ich bin's meinen Kindern schuldig, denen Du Alles verthan hast und die Du zu Bettelkindern gemacht hast!

Michel. Verflucht! so werde ich mir's selber holen, oder willst vielleicht den Sparhafen Deinem Schatz, dem Martin, aufheben?

Katharine. Was Deinen Kindern willst Du den Nothpfenning stehlen? O schäme Dich, verdorbener Mensch! — Ja, hätt' ich seiner Zeit den Martin genommen, es wäre anders geworden mit mir.

Michel. Aha! kommt's da heraus'?! Fort in die Kammer! den Schlüssel her oder ich schlage den Kasten ein! (Reißt die Katharine mit fort.)

Fünfter Auftritt.

Die Vorigen. Martin (stürzt zur Thür herein.)

Martin. Halt Michel! Du wirst doch Deinem Weib kein Leid anthun?

Michel. Was geht das Dich an?

Martin. Schäme Dich, Michel. Wer ist denn Schuld an Euerm Unglück? Du allein bist's, daß Alles zu Grunde gegangen ist.

Michel. Was? und Du willst mir die Leviten lesen?

Martin (auf Michel losfahrend). Ich? das laß ich mir nicht gefallen.

Michel. Du hast mein Weib verführt; da soll ich noch da bleiben?

Katharine. Michel, Michel! — Geh' Martin, geh', ich bitt' Dich!

Michel (in höchster Aufregung). Da bleiben soll er, da bleiben, damit Du ihn ganz hast. Ich laß' ihn nimmer heraus! (Greift nach einem auf dem Tisch liegenden Messer; stürzt damit auf Martin los. Katharine wirft sich zwischen Beide und fällt statt Martin, vom Stiche getroffen, in des Letztern Arm.)

Katharine (im Schmerzensschrei). Herr Jesus! Ich bin ———

Martin. Mein Gott, was ist geschehen? — **Michel** — Dein Weib! —

Michel. Herr Gott im Himmel! ich habe die Katharine erstochen!

(Lur tritt rasch herein und reißt den Michel mit sich hinaus. Katharine sinkt, an Martin gelehnt zu Boden. Der Schluß der Scene muß möglichst im Hintergrunde vor sich gehen, damit der Vorhang der folgenden Dekoration vor den Spielenden herabfällt.)

Verwandlung.

Dritte Scene.

(Das Waldhäusli, wie im zweiten Akt. Heller Mondschein.)

Erster Auftritt.

Christen, der Nachtwächter und der Gerichtsdiener (kommen im Gespräch gegen die Schenke.)

Gerichtsdiener. Und Ihr habt gar Nichts gesehen?

Christen. Nicht das Mindeste. Habe das ganze Dorf durchlaufen und da ich keine lebendige Seele angetroffen, hab' ich angefangen mit dem Mond zu reden, der da so schön und hell herunterschaut, und habe in mich hineingedacht, ich möchte auch einmal zu ihm hinauf um zu sehen, wie sein Nachtwächterstübchen aussieht. Aber hört, Herr Gerichtsweibel, ich kann's noch alleweil nicht glauben, daß der Michel fort ist. Wenn das wäre, es thäte mir so halb grausen in dem Wald drinnen

Gerichtsdiener. Wie ich Euch sage. Vor einer Stunde noch war ich in seinem Gefängniß, die Kathri, seine Frau, hat ihn noch besucht; nachher bin ich auf einen Schoppen Wein in's Wirthshaus; wie ich heimgekommen und will den Dollo von der Kette ablassen, was alle Nacht geschieht, ist der Hund todt. Kaum kehr' ich mich im Hof um, scheint mir der Mond gerade auf's Fenster von Michels Gefängniß. Herrschaft! Das Gitter ist durchgebrochen und die Eisenstangen liegen unten! Ich gleich hinauf! Das Loch leer und der Lump davon! Das ist ein Malheur, Christen! Habt Ihr denn gar nichts gesehen? Zu was seid Ihr denn Nachtwächter, wenn Ihr nicht aufpaßt?

Nachtwächter. Ja, und zu was sind Ihr denn Gefängnißwärter, wenn Euch die Arrestanten davonlaufen?

Gerichtsdiener. Das ist ein Malheur! Was wird der Herr Präsident sagen? Ich komme um meinen Dienst. Helft mir, Christen, vielleicht erwischen wir ihn doch noch.

Nachtwächter Ja, das ist leicht gesagt, das Erwischen ist keine kleine Sache. Wer weiß, wo der hin ist! Im Dorf ist er nicht. Ich hätte ihn schon sehen müssen. Aber im Waldhäusli ist er gut bekannt und mag vielleicht da stecken. Seht das Haus ist geschlossen. Ist auch schon 12 Uhr. Vielleicht ist die Hinterthüre offen. Habt ihr auch Muth genug, ihm zu Zwei entgegen zutreten?

Gerichtsdiener. Muth? Muth für sechs, Michel!

Nachtwächter. Dann wohlan! Gehen wir in die Spelunke hinein!
(Beide ab.)

Vierter Auftritt.

Lux. Michel.

Michel. Ich kann nicht mehr weiter; ich breche zusammen! (Stürzt hin.)

Lux. Hasenfuß, was hast Du denn? Raste aber nur ein wenig,, wir sind weit genug. Da suchen sie Dich vorderhand nicht; sind wahrscheinlich im Dorf und untersuchen Haus und Stall, Kirche und Pfarrhof; werden noch lange auf falscher Spur tappen.

Michel. Gott! mein Weib! Was hab' ich gethan!

Lux. Ei, was Andere auch gethan haber, die am Galgen hängen.

Michel. Wie's geschehen war, da hab' ich gemeint, ich müßte mir selber ein Leid anthun! Mein armes Weib! meine Katharine! jetzt ist's aus und wer hat sie erschlagen? Ich, ihr eigner Mann!

Lux. Wer hat Dich aber geheißen, sie umzubringen?

Michel. Der Stoß hat ja dem Martin gegolten, die Katharine hat sich selber in's Messer gestürzt! Du, Du bist aber an Allem Schuld! Du warst mein Verführer von Anfang an!

Lux. Oho! Du, Du, — Wer war denn Dein eigener Herr, als Du selbst? Wer hat Dich denn aus dem Loch geholt? Hab' ich Dich denn geholt, daß Du Deine Frau ermorden solltest?

Michel. Du haſt mich aufgehetzt gegen ſie, wegen dem Martin; das hat mich ganz auseinander gebracht, meinen Verſtand habe ich verloren! Ach! ſie war gewiß unſchuldig, die Katharine und der Martin auch! Hätte ich nur nicht im erſten Zorn gehandelt!

Lur. Das iſt jetzt Alles zu ſpät; hätteſt es Du vorher bedacht! Ich kann Dir für nichts mehr gut ſtehen; die Geſchichte mit dem Peter — ja, das war etwas Anders! Aber der Mörder ſeines eigenes Weibes —

Michel. Hör' auf, ich werde wahnſinnig! ich bin des Teufels; Nichts kann mich mehr retten.

Lur. Da haſt Du ungefähr die Wahrheit geſagt. Erwiſcht Dich das weltliche Gericht — und das wird wohl bald geſchehen, denn nach Amerika iſt man nicht ſo geſchwind hinüber — ja, erwiſcht Dich das weltliche Gericht, ſo weißt Du, was gäng und gäbe iſt für Einen, der ſein Weib erſchlagen hat. Hör' aber, was willſt Du jetzt anfangen? Im Dorfe iſt Alles auf, überall hin ſuchen ſie Dich; habe ſchon einen reitenden Boten über das Feld jagen ſehen. (Immer zudringlicher.) Was willſt Du anfangen, armer Sünder?

Michel. Verflucht ſeiſt Du, hölliſcher Quäler!

Lur. Verflucht biſt Du ſchon, elender Wicht. Was willſt Du denn noch? Ich kann mich jetzt nicht mehr um Dich annehmen; ich danke für die Kameradſchaft, bei der man ſeines Lebens nicht mehr ſicher iſt.

Michel (verzweifelt.) O wäre ich des Todes! auf der Welt iſt keines Bleibens mehr für mich!

Lur. Da haſt Du wieder einmal etwas Vernünftiges geſagt. Auf der Welt iſt Deines Bleibens nicht mehr! Also Muth, Freund, ehe sie Dich zu Schimpf und Schande auf öffentlichem Markte köpfen; verdirb ihnen den Spaß. Mach' Dir den Garaus; das ist des Mannes würdig. Du hast Dein Leben genossen, jetzt hast Du Dir's selber verdorben; also schwing' Dich über das Ufer hinaus in die Ewigkeit! (Glockengeläute vom Dorfe her.) Aha! die Todtenglocke! Die Katharine hat's überstanden!

Michel. O Gott! Nun ist meine Frau todt und ich ein zweifacher Mörder geworden? Was soll ich noch?

Lur. Nichts thun — als das Letzte. Sieh', dort hinten, wo die Moorheide anfängt, da ist eine Stelle, so tief und gefährlich, daß kein Fischer d'rinn fischen mag. Da hinein! Das ist das Beste für Dich, armer Teufel; Du bist doch verloren!

Michel. Verloren? So sei es denn! (Eilt gegen den Hintergrund.) Ewige Barmherzigkeit helfe mir! (Stürzt sich in die Tiefe.)

Lur. Barmherzigkeit? die such' beim ew'gen Richter, Vor dessen Thron ich Deine Seele bringe!

Der Vorhang fällt.

Der Vagabund.

Volksschauspiel
in einem Aufzug.

von

F. A. Stocker.

Personen:

Peter Winkelmann, ein Vagabund.
Marie, seine Frau.
Therese, ihre Schwester.
Oberst Wild, ein reicher Fabrikant.
Fuchs, Fabrikaufseher bei Herrn Wild.
Robert, ein junger Arbeiter.
Harder, Gemeindspräsident.
Arbeiter, Bauern und Bäuerinnen. Landjäger.
Margarethe, Aufseherin der Fabrikschule.

(Ort der Handlung: Ein schweizerisches Fabrikdorf.)

Der Vagabund.

(Dorfplatz. Im Hintergrund verliert sich die Dorfstraße hinter einem Hügel. Links ein kleines Haus mit der Aufschrift: „Fabrikschule." Am Fuße eines großen Baumes eine Steinbank. Links im Vordergrunde eine Scheune, und an den Hintergrund anlehnend der Eingang einer Fabrik, durch ein eisernes Gitter verschlossen; eine Thürklingel.)

Erster Auftritt.
Harder, von Bauern und Bäuerinnen umgeben. Dann Margarethe.

Harder. Und ihr habt den Landstreicher noch gesehen?

Ein Bauer. Gewiß, gewiß, Herr Präsident und ich möchte schwören, daß er es gewesen, der die Scheune angezündet.

Zweiter Bauer. Ich hab' ihn nicht gesehen, aber ich könnte schwören, daß er es gewesen ist!

Eine Frau. Ei, seht mir den Dummkopf da! Will etwas beschwören, das er nicht gesehen hat!

Zweiter Bauer. Schweig, dummes Ding, hast es Du gesehen?

Harder. Ruhig, liebe Leute, ereifert Euch nicht. Die Sache wird schon an den Tag kommen!

Margarethe (die aus dem Hause links kommt). Und ihr steht noch da, ihr Leute, plaudert, während das Feuer von Neuem ausbricht. — Seht! — Seht! wie die Flammen wieder empor wallen!

(Alle Augen richten sich nach der von ihr bezeichneten Seite, allgemeine Bewegung).

Harder. Seid nur beruhigt, das Feuer kann nicht mehr schaden. — Wir haben noch ein anderes Geschäft. Die Behörde hat ihre Maßregeln zu treffen. Ihr werdet sie unterstützen, Leute?

Alle. Ja, ja, gewiß!

Harder. Der oder die Thäter können nicht weit sein. Verdoppelt also Euere Wachsamkeit. Jeder Fremde, jeder verdächtige Reisende werde hieher geführt. Habet namentlich ein Auge auf den Vagabunden, den da Meister Bernhard gesehen haben will.

Erster Bauer. Gewiß habe ich ihn gesehen.

Zweiter Bauer. Ja, der ist's gewesen, davon gehe ich nicht ab.

Harder. So geht und thut, was ich Euch gesagt habe.

Erster Bauer. Den wollen wir bald haben!

Andere. Wir erwischen ihn gewiß! Fort! Vorwärts! (Alle lärmend ab).

Zweiter Auftritt.

Harder. Margarethe.

Harder. Welche Geschäfte und Unannehmlichkeiten, Margarethe!

Margarethe. Ich will es Ihnen gern glauben, Herr Präsident. Es geht mir nicht anders, ich habe auch keine Ruhe mit meinen Kleinen.

Harder. Mit den Fabrikkindern wollt ihr sagen?

Margarethe. Gewiß Herr Harder. Und doch habe ich sie gerne, eines wie das andere.

Harder. Man nennt Euch nicht umsonst, Mutter Margarethe.

Margarethe. Und mit Recht Herr Harder. Hätte ich in jüngern Jahren den richtigen Moment nicht versäumt, so wäre ich längst wirkliche Mutter. Aber ich war jung und dachte nicht an's Heirathen. Wie manche gute Parthie habe ich nicht ausgeschlagen? O, ich war ein närrisches Ding, das seine Bestimmung nicht kannte. Und doch bin ich zur Mutter wie gemacht.

Harder. Ich glaube es, Jungfer Margarethe.

Margarethe. Die Kinder — das ist mein Element. Es ist mir nicht wohl, ich bin nicht glücklich, wenn ich nicht ein Dutzend solcher kleiner Schlingel um mich herum habe, die mich an Händen und Füßen, an Rock und Schürze zerren, die mich umreißen würden, wenn ich nicht fest auf den Beinen wäre!

Harder. Und die Schule macht sich?

Margarethe. Das will ich glauben! — Wenn dann auch das Eine nicht so geistig entwickelt ist wie das Andere, so habe ich sie doch alle gleich lieb.

Harder. Und hie und da gibt es auch noch arme Waislein, die von der Straße aufgelesen und in die Fabrikschule gesteckt werden. Was sagt der Fabrikherr dazu? Gestern noch sagt Ihr, nicht wahr, hättet Ihr im Hohlweg broben eine junge Frau, eine Bettlerin angetroffen? —

Margarethe. Eine Bettlerin? — nein Herr — eine arme Frau, die einen kleinen Knaben auf dem Arme trug, während sie einen größern bei der

Hand führte. — O, das that mir weh, so etwas zu sehen! — O, die Kleinen hatten Hunger, ich kenne das! - ich gab Jedem einen Apfel, die ich zufälligerweise bei mir trug. Wie sie hineinbissen! — Ich mußte weinen und lachen zugleich.

Harder. Gutes Weib! Aber die Mutter?

Margaretha. O, die Mutter!" Sie wollte nichts annehmen — ihr Mann sollte sie bald abholen und ihr das Nöthige bringen.

Harder. Und Ihr versichert, daß sie der Unterstützung bedarf?

Margarethe. Wie kann ich das? Kann ich in den Herzen lesen?

Harder. Gewiß, gewiß! Wie, Mutter Margarethe, das könnt Ihr nicht mit Euerer Erfahrung? Was im Grunde des Herzens vorgeht, das steht gar oft in den Augen geschrieben, denn die Augen sind der Spiegel des Herzens.

Margarethe. Man sagt und singt es: In den Augen liegt das Herz, aber gar oft, gar oft kann man nichts darinnen lesen. Ich kenne mehr denn einen braven Mann, dem man seine Herzensgüte nicht im Gesicht liest. (Ihm auf die Schultern klopfend). Und ich brauche nicht weit zu gehen, um meinen Beweis zu haben.

Die Kinder (hinter den Coulissen). Mutter Margarethe, Mutter Margarethe!

Harder. Was soll das?

Margaretha. Meine Kinder haben Hunger! — Doch das wird vergehen, wenn sie meine Stimme hören. (Zieht eine kleine Schulpeitsche aus der Tasche und klatscht damit einige Male bei der Thüre).

Harder. Das ist Euere Stimme?
Die Kinder (stärker rufend). Mutter Margarethe! Mutter Margarethe!
Margarethe.. Ich glaube, sie haben es am Ende gar nicht gehört, ich gehe. (Klatscht). Wartet, ich komme schon! — (Verzeiht Herr Harder, ich muß die kleine Meute zurechtweisen! (Ab).

Dritter Auftritt.
Harder. Robert. Arbeiter. Dann Oberst Wild und Fuchs.

Harder (allein). Wenn das Weib, von dem mir Margarethe erzählte, das Weib wäre, das man im Dorf herumslanciren sah und das man im Verdacht hat, die abgebrannten Scheunen angezündet zu haben? — Ich werde das notiren, der Gemeindrath muß sich versammeln, bevor das Amtsgericht einschreitet. - Man hört die Fabrikglocke). Ah, da läutet es zur Freistunde der Arbeiter. Herr Oberst Wild wird meiner Ansicht sein, denke ich. Da kommen sie ja.

Vierter Auftritt.
Erster Arbeiter. Vorwärts, vorwärts, daß wir die ersten sind beim Frühstück.
Zweiter Arbeiter. Hunger und Eile sind, scheint es mir, gleich groß bei Dir. Guten Morgen, Herr Präsident.
Harder. Guten Morgen. Schon fleißig gewesen.
Erster Arbeiter. Und hungrig geworden und durstig. Der Baumwollenstaub setzt an.

Robert. Vorwärts, ich liebe die kalte Suppe nicht.

(Die Arbeiter gehen ab. Oberst Wild tritt aus der Fabrik, von Fuchs gefolgt.)

Harder (geht ihm entgegen). Guten Morgen, Herr Oberst!

Wild. Ah, schon so früh! — Erlaubt noch ein Wort in Geschäften. (Ruft Fuchs, der sich entfernt). Fuchs!

Fuchs (seine Mütze ziehend und zurückkommend). Herr Oberst?

Wild. Herr Harder, da sehen sie den besten Arbeiter meines Geschäftes! Ich bin stolz auf ihn! — vor einem halben Jahre als einfacher Arbeiter eingetreten, ist er jetzt Aufseher. Einer, der seinen Weg macht.

Fuchs. Was ich einzig der Güte des Herrn Oberst verdanke und dem Schutz

Wild. Sagt eher, Eurer guten Aufführung, Fuchs. Ich schütze Niemanden, aber ich belohne das Verdienst. — Die neuen Stühle sind noch nicht im Gang?

Fuchs. Nein, Herr Oberst, es fehlt an Arbeitern.

Wild. Stellt ein, was Euch dienlich und passend scheint, ich verlasse mich darauf, daß Ihr binnen Kurzem die nöthigen Arbeiter bei einander habt.

Fuchs. Ich werde sehen, was sich zu Ihrer Zufriedenheit thun läßt.

Wild. Morgen bin ich den ganzen Tag auf der Jagd. Tragt gut Sorge zum Geschäft.

Fuchs. Es soll seinen Gang haben, wie wenn Sie selbst da wären.

Wild. So geht; guten Appetit!

Fünfter Auftritt.
Wild. Harder.

Harder. Ich bin ganz erstaunt, Herr Oberst. Vergnügen und Geschäfte gehen Ihnen in einem Zuge über die Lippen.

Wild. Ich treibe Beides, aber in einem gewissen Maß. Ich untersuche, erfinde, erprobe und meine Arbeiter führen es aus. Ich denke, — sie handeln und da der Gedanke weniger Zeit als die Handlung, die Ausführung braucht, so verwende ich die übrige Zeit dazu, das Leben zu genießen und das Vermögen, das ich mir erworben. Der Genuß ist doppelt süß, wenn man sagen kann, das was ich habe, habe ich durch meiner Hände Fleiß, mit Hülfe des Glückes und mit den Talenten erworben, die mir Gott verliehen.

Harder. Aber Sie waren doch schon sehr begütert, bevor Sie diese Fabrik anlegten?

Wild. Ich war von Geburt das Kind armer Eltern. Jahrelang zog ich mit einem Handkarren die Baumwolle, die man mir auf Treu und Glauben hin anvertraute, von einer Fabrikstadt zur andern, von einem Weber zum andern. Nach und nach mehrte sich mein Kapital und der Handkarren genügte nicht mehr. Roß und Wagen bedurfte es, um meine Vorräthe zu versenden, zu holen und nach Verlauf von zwanzig Jahren voll Mühe und Arbeit, gelangte ich dahin, diese Fabrike bauen zu können.

Harder. Sie hätten somit damals schon ruhig und vergnügt Ihr Vermögen verzehren können?

Wild. Gewiß, — aber ich wollte nicht den Namen eines reichen Faullenzers tragen, die Nächte in Wirthshausgelagen zubringen, und dann erschöpft den Tag verschlafen. Ist das ein Verdienst um die Menschheit, wenn man es soweit bringt, daß man ohne seinem Geldbeutel zu schaden, eine Flasche Champagner jeden Abend trinken kann? Mit einem Wort, ich hätte wie ein Mensch leben können, dem die Vorsehung so viel gegeben, daß er ohne Kümmerniß und Sorge durch die Welt schleichen dürfte, und dem man bei seinem Tode nachsagen könnte: er hat gelebt, weil ihm noch nicht zu sterben vergönnt war. Jede Existenz, sei sie durch Vermögen oder Namen beglückt, ist nicht der Existenz werth, wenn sie der Menschheit keinen Nutzen bringt.

Harder. Ganz richtig, Herr Oberst.

Wild. Alle Klassen der Gesellschaft, hoch oder nieder, reich oder arm, haben eine Mission, einen Lebenszweck zu erfüllen. Der Arme arbeitet, um zu leben, um für seine Familie zu leben; der Reiche arbeitet, um seinem Lande, seinen Mitbürgern und sich selbst nützlich zu sein; seinem Lande, indem er seine Kenntnisse zum Fortschritte der Industrie, der Künste, der Wissenschaften verwendet; sich selbst, indem er sich eine geistige Bethätigung schafft, die ihn vor Langeweile, vor dem Laster der Trägheit schützt, und ihn in seinen eigenen Augen zur Würde der Menschheit erhebt.

Harder. Ich muß Sie hierin vollkommen unterstützen.

Wild. Es ist ein Unglück, daß unser Jahrhundert in mancher Hinsicht so sehr von der menschlichen Trägheit überströmt wird, und oft Manche die schönsten Posten inne haben, die es nie verdienen, während oft Männer von wahrem Talent, von seltenen Gaben ohne vorzurücken, sich verbrauchen, alt werden und in Armuth dahinsterben. O, das Glück wird sonderbar vertheilt. Könnte ich allen Jenen, die wie eine Heerde Vieh auf der Weide fett werden, zurufen: Zurück die Trägheit und der Arbeit Platz gemacht!

Harder. O könnte man diese Worte jedem Menschen ins Herz prägen, es ginge Manches besser. Dürfte ich nun auch im Interesse des abgebrannten Jakob an Ihre Hülfe appelliren, so würden Sie mir einen nicht geringen Dienst leisten!

Wild. (lebhaft). O von Herzen gern. Sie wissen, daß ich stets gerne bereit bin, dem leidenden Arbeiter zu helfen. Es ist dies nicht nur ein Vergnügen, es ist auch eine Pflicht. Kommen Sie. (Nimmt seinen Arm und geht mit Harder ab.)

Sechster Auftritt.

Robert (allein).

(Robert tritt während der Rede des Herrn Wild auf, eine Suppenschüssel in der Hand, betrachtet die Abgehenden und spricht während dem Essen.)

Die Arbeit! — Platz der Arbeit! — O, sie haben nur dieses Wort im Munde! Die glauben wahrscheinlich, daß es sehr lustig sei, den ganzen Tag um die lumpigen zwei bis drei Franken darauf los zu arbeiten und diese Herren sacken das Geld mit vollen Händen ein! Aber — nein! nein! Ich bin nun zwanzig Jahre alt und seit neunzehn und einem halben Jahre verdammt, diese fade Krautsuppe, Sonntags und Werktags zu essen. — Das muß aufhören! — Ich habe mir eine Idee ausgeheckt: Ich liebe meine Therese, ich will sie glücklich machen, heirathen — aber Teufel! wofür lebt man auf der Welt? Man muß hie und da ein wenig über die Schnur hauen, denn es wäre ja beschämend, wenn man mit meinen Jahren noch nirgends gewesen wäre, nichts gesehen hätte, nichts gethan, das über die gewöhnliche Regel geht! — Aber Therese, ich kann sie doch nicht verlassen, sie ist so zu= traulich, so herzgewinnend, so lieb — da kommt sie ja.

Siebenter Auftritt.
Robert. Therese.

Therese tritt durch den Hintergrund von rechts auf. Sie hält einen Krug in der Hand.

Therese (ein Lied summend).
Bleibe mir treu und theile mein Glück!
Theile mein Glück!

Robert. (ihr entgegen gehend). Immer das gleiche Lied! Das ist Dein Lieblingslied, Therese! Nicht?

Therese. Ich kenne kein anderes; meine Mutter hat es uns gelehrt, mir und meiner armen Schwester. —

Robert. Deiner Schwester?

Therese. (seufzend) Ja meiner armen Maria! —

Robert. (Will ihr den Krug abnehmen). Gib, daß ich ihn halte.

Therese. O, lasse das; er ist nicht zu schwer! — Gib Acht zur Milch. —

Robert. Sei so gut. — (Nimmt ihr den Krug ab und stellt ihn auf die Bank neben seine Suppenschüssel).

Therese. Robert, ich habe Dir Vorwürfe zu machen. —

Robert. (Für sich) Teufel, jetzt fängt's an.

Therese. Ehemals — noch jüngst warst Du artig — ruhig, sparsam, und nun zahlst Du Diesem und Jenem zu trinken. —

Robert. Hie und da ein Gläschen, sonst nichts. — Es gibt eben noch ärmere Menschen als ich bin.

Therese. Zudem sagt man, Du seiest nicht mehr der beste, fleißigste Arbeiter der Fabrike.

Robert (für sich, händereibend). Es scheint, ich muche mich. (Laut). Hör', Therese, entweder ist man Etwas, oder ist Nichts. Ist man Etwas, so muß man sich eben nicht wie ein jungs Mädchen von fünfzehn Jahren aufführen, oder wie ein Chorknabe, man ist nicht so dumm.

Therese. Du willst also, wie es scheint, irgend welche Streiche machen? Glaubst Du, daß ich dies dulde? — Nun, ich bin auch nicht so dumm. Wir sind geschiedene Leute.

Robert. Geschieden?

Therese. Gehst Du auf der einen Seite der Straße, gehe ich auf der andern.

Robert. Auf der andern? — Ei, ei! — Wer hat Dir den Kopf so gesetzt? Wer? — Wer? — ich will es wissen!

Therese. Eine Person, die nur mein Glück wünscht und auf die ich höre.

Robert. Gewiß die Mutter Margaretha?

Therese. Nun ja, — sie sagt, daß Du mit der Zeit ein schlechter Mensch werdest.

Robert. Nun ist's genug! — Mit welchem Recht steht es der Hexe zu, meine Aufführung zu tadeln? (Eilt gegen Margarethe, die soeben aus dem Haus tritt, sie bei der Hand fassend und auf die Bühne zerrend.) Sagt doch! — Ihr? — Ihr!

Therese (sucht ihn zu beruhigen). Robert!

Robert. Nein! — Ruhig! wir wollen uns erklären!

Achter Auftritt.

Vorige. Margarethe.

Robert (tragisch). Mutter Margarethe!

Margarethe. Nun?

Robert. Bin ich Euer Sohn oder Neffe?

Margarethe. Gott sei Dank, weder das Eine noch das Andere

Robert. Bin ich Euch etwas schuldig?

Margarethe. Nein.

Robert. Nun, so empfehle ich Euch dringendst, Euch mit den Kindern der Fabrike zu beschäftigen, und mich und meine Aufführung so zu lassen, wie es mir gefällt.

Margarethe. Euere Aufführung?

Robert. Die Ihr meiner Therese als schlecht geschildert habt!

Therese. Sie hat es nicht böse gemeint. Zudem vergiß nicht, Robert, was sie für mich gethan; als vor fünf Jahren meine Mutter starb, war ich noch ein Kind und meine ältere Schwester war mit ihrem Gatten abgereist. —

Margarethe. Ja, das war ein schöner Prinz, der sie Gott weiß wohin geführt hat!

Robert. Du bist jetzt groß und mündig; das berührt alte Geschichten nicht mehr.

Therese. Glaubst Du? Hat Margarethe mich nicht wie ein eigen Kind gehalten, mich gepflegt und gehegt und das soll mich nichts angehen? War ich froh, so war sie es auch, hatte ich zu leiden, so litt sie mit mir. O ihr Männer versteht nie, daß Glück und Unglück, das uns betrifft, auch die Menschen angeht, die uns lieben!

Margarethe (zu Robert). Und Du glaubst, daß auch ich diese noch so unglücklich machen werde, wie ihre Schwester es geworden, als sie den Peter Winkelmann, den Säufer und Spieler zum Manne nahm! Davor soll mich Gott behüten!

Robert. (zornig.) Kein Wort mehr, Alte!

Margarethe. Alte! — ich werde Dir die Alte einstreichen, Unverschämter! (Zieht ihre Fuchtel).

Therese (sie besänftigend). Meine gute Margareth! — ich bitte Euch! — Robert! sei doch vernünftig.

Neunter Auftritt.
Vorige. Fuchs.

Fuchs (kommt gegen sie.) Was Gukuks, habt Ihr für Lärm? Wer kann sich auch so auf offener Straße ereifern?

Robert (auf Margarethe zeigend.) Die Schlangenzunge da!

Margarethe. Der schlechte Mensch hat mich beschimpft.

Robert (drohend.) Wenn ich gereizt bin —

Margarethe (die Fuchtel weisend.) Kann ich auch drein schlagen!

Robert. Mein Arm wiegt Euere Fuchtel zehn mal auf.

Therese. So geht es mir, wenn ich ihn heirathe.

Margarethe. Ich nehme Euch als Richter, Herr Fuchs. Er hat mich beschimpft, er hat mich „Alte" geheißen.

Fuchs. Euch Alte zu nennen? das ist ein wenig stark! Schlingel, einer Frau in solcher Weise zu begegnen. Ein rechter und braver Arbeiter unserer Fabrik thut so etwas nicht.

Margarethe (weinerlich). Ja, lest ihm nur den Text, dem Herzlosen. — dem Taugenichts. Alte, sagt er, der Lump!

Fuchs. Ich glaubte Euch Drei im besten Einverständniß.

Margarethe. Ja — sonst schon — sonst, aber jetzt, seine Aufführung. —

Fuchs. 'S ist wahr! Hat der Bursche noch kein Häärlein unter der Nase, und will schon den Großen spielen, — gibt sich eine wichtige Miene — schwärzt seine Pfeife mit Nußbaumblätttern, als ob er rauchte, trinkt gefärbtes Wasser und so weiter und so weiter. —

Robert. Hol' Euch der und jener, mit Euerer Predigt!

Fuchs. Hat nicht die mindeste Kenntniß von den Sitten und Gebräuchen der großen Welt und will den Alten schon den Zopf machen. O es ist lächerlich!

Margarethe. Sonst brachte er jede Woche seinen Verdienst meiner Therese, er hat schon zwölfhundert Franken in seinem Sparkassenbüchlein.

Robert (lebhaft). Zwölfhundert Franken!

Margarethe. Könnte sich mit diesem kleinen Kapital anständig niederlassen, aber da kommt er jeden Tag, macht Ausgaben, die über seinen Stand gehen, der Kosak!

Robert. Zwölfhundert Franken!

Margarethe. Ja gewiß!

Robert. O, sie haben mir genug Mühe und Schweiß gekostet.

Fuchs. Nun, nun, es ist doch noch etwas Gutes in dem Burschen da; ich werde mich für alle Zukunft seiner annehmen.

Margarethe. Das wäre recht brav von Euch, Herr Fuchs.

Therese. Ja, mit einem Freunde zur Seite, wie Ihr, kann er nur gewinnen. Man sagt das im ganzen Thal, daß Ihr allen Andern ein Muster wäret.

Fuchs. So macht Friede denn!

Robert. Ja, ja, es soll; ich liebe die Händel auch nicht.

Margarethe. Ich habe nichts mehr gegen ihn.

Therese. Und ich nicht.

Robert. Und ich auch nicht, nicht wahr, Alte?

Margarethe. Schon wieder?

Robert. Diesmal per Spaß! (Umarmt sie.) Nun bin ich vergnügt. (Umarmt Therese.) Gleichviel, meine Idee muß doch ausgeführt werden. (Die Fabrikglocke ertönt.)

Zehnter Auftritt.
Vorige. Die Arbeiter (kommen zurück.)

Erster Arbeiter. Hei, Robert, es hat schon geläutet.

Zweiter Arbeiter. Es ist Zeit, vorwärts.

Fuchs (für sich.) Zwölfhundert Franken hat der Kerl! Ich bringe mein Lebtag nie so viel zusammen. Aber warte, Bürschchen, ich will auch einen Theil davon. Ich verlasse Dich nicht, ich hänge mich an Deine Fersen, und Du wirst sehen, wie schön es ist, einen Freund zu haben, hihihi!

Therese. Auf Wiedersehen, Robert.

Robert. Nach Mittag, auf Wiedersehen.

Fuchs (zu den Arbeitern.) Nun zur Arbeit, Ihr da! — und Du, vorwärts, Alter!

(Die Arbeiter gehen nach der Fabrike ab, gefolgt von Robert und Fuchs, die sich den Arm geben. Margarethe geht mit Therese ins Haus ab. Musik, leise antönend; währenddem erscheinen Peter Winkelmann und seine Frau auf der Höhe des Hügels. Sie steigen langsam herunter. Maria hält ein Kind auf dem Arm und führt ein zweites an der Hand, Hunger, Leiden und Ermüdung sind auf ihren Zügen ausgeprägt. Peter allein ist ziemlich gleichgültig.)

Eilfter Auftritt.
Marie. Peter.

Marie. Halte ein wenig an, Peter, ich kann vor Hitze und Ermüdung kaum mehr vorwärts kommen.

Peter. Und doch gehen wir erst drei Stunden.
Marie (zeigt auf den Knaben, der nachfolgt).
Und der Kleine hält sich kaum mehr auf den Beinen. —
Peter. Wenn Du immer das gleiche Lied singst, kommen wir dann schneller vorwärts? — Zum Teufel mit den Jeremiaden! — Das macht mich nur wild!
Marie. Nun so gehen wir.
Peter. Nein! — (sie zurückhaltend). Ich hatte Unrecht. — Arme Marie. Der Weg ist für Deinen Muth um die Hälfte zu lang und die Sonne hat mit Deinem feinen Angesicht kein Mitleid. Das Kind ermüdet Dich und erlahmt Deinen Arm!
Marie (lebhaft). O ich drücke mein Kind an mein Herz! O ich klage nicht! (Umarmt das Kind, das sie trägt.)
Peter (für sich.) Wie sie so gut ist! (laut.) Marie, trotz meiner Rauheit liebe ich Dich, wie am ersten Tage, als ich Dich sah. In all' meinem Elend habe ich meine Liebe zu Dir bewahrt. O ich fühle es zu tief, welchen Kummer ich Dir gemacht habe.
Marie. Peter, ich bin Dein Weib und klage nicht.
Peter. (Umarmt entzückt seine Frau und seine Kinder. Dann wieder in seinen gewohnten Charakter übergehend.) Nun setze Dich, ich will eine Pfeife rauchen. (Er nimmt seine Gypspfeife vom Hut und stopft sie.) Die Pfeife muß mir Kummer und Sorgen vertreiben helfen. Ein Päcklein „Andreas Braun" das ist das billigste Vergnügen, das man zu 10 Centimes haben kann.
Marie (bemerkt die offene Scheune.) Ah, da

— in dieser Scheune sind sie vor der Sonne geschützt! (Geht mit den Kindern in die Scheune.)

Zwölfter Auftritt.
Peter (allein.)

Peter. Es gab eine Zeit, wo ich nicht rauchte (hält an und sieht sich um). Sie ist nicht mehr da, ich kann schon plaudern. — O damals hatte ich, was ich jetzt nicht habe — Geld — Geld! — O wie das rollte! für mich und meine Kameraden! Dafür war Peter Winkelmann auch gekannt und geliebt, von Einem besonders — (mit Wuth) o der da, dieser Fuchs — (hält an, sinnt und laut auflachend) Ah, die schönen Tage, die wir mit einander zugebracht haben! Alle möglichen Vergnügen auf einmal! Und wie lange dauerte es? Ein halb Jahr (bitter) dann war Alles fertig, Alles verzehrt, was ich in jahrelanger Arbeit gesammelt und verdient hatte. Und dann, — konnte ich, wollte ich nicht mehr arbeiten, ich hatte es verlernt, vergessen. Man jagte mich! — O wie dumm bin ich doch, immer daran zu denken. Ich will nur an etwas denken, an jenes halbe Jahr, in dem wir in Floribus lebten, in dem die Vorstädte von Zürich beständig von unsern Gesängen wiederhallten. (Singt)
Ein freies Leben führen wir,
Ein Leben voller Wonne ꝛc.
(Marie kommt aus der Scheune zurück)

Dreizehnter Auftritt.
Peter. Marie.

Marie. Du bist sehr glücklich, daß Du noch zu singen vermagst.

Peter (schlägt Feuer.) Soll ich denn heulen und weinen? Ich weiß nicht, welche Mücke Dich heute gestochen, Du bist verflucht langweilig heute mit Deinem ewigen Gejammer! (Nimmt aus seiner Tasche ein Papier und zündet seine Pfeife damit an.)

Maria (lebhaft gegen ihn vortretend). Peter! — was machst Du?

Peter. Nun? Was mache ich? — Ists ein Unglück, wenn ich mein Arbeitsbüchlein verbrenne, da ich doch keine Arbeit finden kann?

Marie. Du findest keine, weil Du keine begehrst.

Peter. Marie!

Marie. Weil Du Dich und Deine Kinder lieber im Elend herumschleppst.

Peter. Du fühlst Dich also sehr unglücklich?

Marie. Ich habe nicht von mir gesprochen.

Peter. Genug — ich habe das Predigen satt. (Pause. Marie weint und scheint sehr zu leiden; Peter beobachtet sie und nähert sich ihr.) Wie Du bleich bist! Du leidest?

Marie (ihn betrachtend). Ob ich leide? — Ein namenloser Schmerz ists, der mich peinigt.

Peter (unterstützt sie). Stütze Dich auf meinen Arm!

Marie. O ich fühle mich so schwach!

Peter (für sich). Mein Weib leidet und ich kann nicht helfen. Ihre Hand zittert in der meinen. (Laut.) Woher dieser plötzliche Wechsel? Die Müdigkeit vielleicht?

Marie. O nein, Peter.

Peter. Was ist es denn? Antworte mir, Marie!

Marie. Ich habe Hunger, mein Freund.

Peter. Hunger! — Du meine Frau! — O mein Gott! und die Kinder auch! sie — ohne Zweifel! Wo sind sie?

Marie. Ich gehe zu ihnen (zeigt auf die Scheune). Da drinnen, — sie schlafen — sie haben keinen Hunger!
(Geht hinein. Peter ist ganz niedergeschlagen, verstört, verbirgt das Gesicht in seine Hände.)

Vierzehnter Auftritt.
Peter, dann Oberst Wild.

Peter (allein.) Meine Kinder! meine Frau! — sie haben Hunger und ich habe ihnen nichts zu geben, nichts zu verkaufen. O ich Unglücklicher! Nicht einen Rappen! nicht einen! — Wie mein Kopf brennt, ich sehe nichts mehr, ich fühle nicht, ich habe keine Gedanken mehr, etwas zu erwerben! Und doch muß ich Geld haben! ich muß, ich muß es haben, gleichviel, durch welches Mittel! (Oberst Wild geht über die Bühne gegen die Fabrike. Peter betrachtet ihn einen Augenblick, dann, wie von einem plötzlichen unglücklichen Entschlusse hingerissen, stürzt gegen ihn zu:) Herr!

Wild (stehen bleibend.) Was wollt Ihr? (Peter wendet bestürzt den Kopf.) Ah! ein armer Mann! (Nimmt aus seiner Tasche ein Goldstück.) Da! (legt es in Peters Hand, der Miene macht, es zurückzuweisen.) O nehmt, — nehmt nur!

Fünfzehnter Auftritt.
Peter dann Marie.
(Peter erhebt nach einem Momente des Schweigens mühsam sein Haupt, und betrachtet das Goldstück, das er in der Hand hält.)

Peter. Gold! — ein Goldstück! (freudig). Marie, Marie! Auf, schnell zum Bäcker — geh' hole Brod, — für Dich — für sie hier, da ist Gold!

Marie. Gold! woher das Gold?

Peter (sie von sich stoßend). So geh' doch Marie! geh! ich habe nicht die Kraft dazu. (Marie ab.)

Sechszehnter Auftritt.
Peter (allein.)
(Nachdem er Marie bis in den Hintergrund des Theaters geführt hat, bleibt er einen Augenblick unbeweglich stehen; dann kommt er wieder langsam in den Vordergrund. Er ist bleich, verstört, aufgeregt, dann plötzlich niedergeschlagen, sein Gedächtniß zu Hülfe nehmend und befragend.)

Was ist das? Mein Herz ist so beklemmt? Was habe ich denn gethan? Mein Gott, was habe ich gethan? (Wieder zur Besinnung gelangend.) Ach, der Herr, der vorbeiging! Ach, ich zittere! Was wollte ich? Was that ich? Meine Hand öffnete sich für die That eines Verbrechens — und die Mildthätigkeit beschloß sie mit einem Almosen. (Pause.) Ein Almosen! So weit hat mich mein Leben gebracht! Ein Almosen! Dieser Stock ein Bettelstab! Und das Gold, das in meiner Hand lag, brannte mir nicht bis auf das Gebein! — ein Almosen, wie einem Lahmen, einem Kranken, einem Greis! Und ich habe gesunde Arme und erst dreißig Jahre zurückgelegt! —

Ein Almosen für meine Frau — für meine Kinder — für mich, durch den sie bald vor Hunger gestorben wären! Heute ein Almosen, morgen eines, übermorgen der Raub, der Mord! O mein Gott, wie tief bin ich gefallen! (Pause.) Doch was thun? Ohne Wohnung, ohne Heimath, ohne Arbeit!
(Sinkt erschüttert auf die Bank unter dem Baum.)
(Chor der Arbeiter in der Fabrike).
Arbeit macht das Leben süß,
Macht es nie zur Last,
Der nur hat Bekümmerniß,
Der die Arbeit haßt! — (bis.)
Peter (hat bewegt zugehört und sich nach und nach belebend, erhebt er sich plötzlich).
Ja die Arbeit! Die Arbeit ist es, die mich rettet! Ich werde thun wie diese da, ich werde arbeiten Tag und Nacht und ohne Ruhe. Ich will die verlorne Zeit nachholen, ich werde Geld verdienen und dann will ich hingehen, den aufsuchen, der mir dieses verfluchte Geld hingeworfen — o, ich werde ihn finden! ich muß ihn finden! — Nehmt, nehmt Herr, werde ich sagen, nehmt, ich bin kein Bettler! ich bin ein Arbeiter, ein Arbeiter für immer! (Pause.) O ich werde wieder ein Mensch werden, ich werde wieder Muth haben, für meine Familie das nöthige Brod zu erwerben! Ich werde dann wieder frei und zufrieden sein; frei von den Leidenschaften, zufrieden mit dem Loose, das ich meiner Frau und meinen Kindern bereiten kann. Die Bettlerschande hat in meinem Herzen den Stolz des ehemaligen Arbeiters erweckt!
(Eilt gegen die Fabrikpforte und läutet heftig.)

Siebzehnter Auftritt.

Peter. Fuchs (ein Büchlein in der einen Hand und eine Feder in der andern, befragt Peter ohne ihn anzusehen.)

Fuchs (am Gitter.) Nun, nun! Wer läutet so unbescheiden da draußen?

Peter (überrascht zurücktretend.) O mein Gott! diese Stimme! dies Gesicht!

Fuchs. Wer seid Ihr! Was wollt Ihr!

Peter (ihn scharf ansehend.) Ich wünsche Arbeit.

Fuchs. Es ist nicht für Jedermann Arbeit da; man muß gute Zeugnisse haben.

Peter (für sich). Je mehr ich ihn betrachte —

Fuchs. Euer Buch?

Peter (noch in Gedanken versunken). Ich — seht — mein Buch —

Fuchs. Keine Zeugnisse? So macht, daß Ihr fortkommt! Man nimmt hier keine Vagabunden auf.

Peter. Ah, er ist's! (Stürzt gegen die Gartenthüre, die sich vor Fuchs schließt.) Er ist's! Fuchs hier! Fuchs hier! Und er hat mich nicht erkannt! Gleichviel, da hat die Vorsehung ihre Hand im Spiel — o, ich habe ihn gefunden, ich werde ihn verderben! (Thut einige Schritte gegen die Fabrike, Geräusch und Tumult von Ferne; steht still und horcht.) Was geht da vor! — Marie!

Achtzehnter Auftritt.

Peter. Marie (in größter Verzweiflung daher rennend.)

Marie. Rette mich! — Rette mich!

Peter. Dich retten? — Dich?

(Marie wirft sich ihm in die Arme, dann sich losmachend, blickt sie wild umher.)

Marie. Niemand mehr! — Niemand! — Sie haben meine Spur verloren.

Peter. Wer?

Marie. Sie! — die mich anhalten, mich verhaften wollten?

Peter. Dich verhaften? Warum das? — Sprich, o, sprich doch!

Marie. Peter! — sieh, — dorthin — hinter dem Hügel — siehst Du den Rauch, der sich erhebt?

Peter. Ja, der Pachthof, der zusammengebrannt ist.

Marie. Aber weißt Du, daß das Feuer eingelegt worden und daß man den Thäter sucht — und eine Frau des Verbrechens anklagt, eine Frau in Lumpen gekleidet?

Peter. Nun, was hat das Bezug auf Dich?

Marie. Wie kannst Du das fragen? Aber sieh' mich doch einmal an und sage, ob sie mich nicht im Verdacht haben mußten, namentlich, da sie mich beim Bäcker Gold auswechseln sahen! — Gold und Lumpen? — Ich und Gold, ich mit zitternder Hand und bleichem Angesicht? — Verstehst Du nun?

Peter. O das Unglück!

Marie. Das ist sie, das ist sie! — riefen die Bauern. Das ist die Brandstifterin! und ich zum Tode erschrocken, floh, das Gold in der Hand und ohne Brod für die hungrigen Kinder!

Peter. Ich gehe, Dich zu rechtfertigen.

Marie. Sie werden auch Dich verhaften.

Peter. Ah, ja, weil auch ich in Lumpen gehe, nicht wahr? weil ich nicht das Recht habe, Geld zu

besitzen, ohn daß man sich darum kümmert, woher
es komme! Elend! — o Elend über Elend? Man
wird mich veranlaßen, vor Gericht auszusagen, daß ich
ein Almosen empfangen habe.

M a r i e. Beruhige Dich, Mann.

P e t e r. Dann werden sie sagen, wie der Fuchs
gesagt hat: Du bist ein Vagabund!

M a r i e. Fuchs? Dein alter Kamerad, Dein
Freund?

P e t e r (mit Abscheu.) Mein Freund!

M a r i e. Du hast ihn gesehen? Du hast ihn
gesprochen?

P e t e r. Bei Gott! ja, da ist er, in dieser Fa=
brike, glücklich, geachtet und ich?

M a r i e. Ach, gehen wir! fliehen wir mit den
Kindern!

P e t e r. Kannst Du das? Hast Du die Kraft dazu?

M a r i e. O, ich bin nicht mehr müde, ich habe
Muth, ich habe Kraft; ich habe keinen Hunger mehr.

P e t e r. Nun, so geh' da hinein. (Zeigt ihr die
Scheune.) Ich will nachsehen, was vorgeht, ich will
suchen, wie wir entfliehen können — geh' und verbirg'
Dich bis zu meiner Rückkunft. (Entfernt sich lebhaft;
kaum ist er fort, hört man aus dem Hause der Fabrik=
schule Theresens Gesang. Marie ist erstaunt, steht
still und hört bewegt zu. Pantomine.)

Neunzehnter Auftritt.

M a r i e. T h e r e s e (in der Schule.)

T h e r e s e (singt.)
Adieu Marie, noch einmal nur
Laß mich in Deine Augen schauen,

Noch einmal nur laß mich ersehn,
Der Schwesterliebe still Vertrauen.
Ich will, wenn Dich das Heimweh quält
Bei Dir an Deiner Seite weilen,
Ich werde dann im Geiste dort
Mit Dir Dein stilles Leiden theilen!

M a r i e (bewegt.) Das ist meiner Therese Stimme! — dies Lied, — wie oft haben wir es nicht zusammengesungen? (Will von unwillkürlicher Bewegung hingerissen, gegen das Haus hinstürzen, hält plötzlich still und singt.)

O gib Therese mir die Hand
Und fühl in meiner Hände Gluthen
Wie heiß mein Herz entgegenwallt
Und wie der Adern Ströme fluthen.
O komm Therese, einmal nur
Laß' mich in Deine Augen schauen,
Nur diesmal nur laß mich ersehn
Der Schwesterliebe still Vertrauen! (bis).

(Die Hausthüre öffnet sich rasch, Therese erscheint und stürzt sich Marie in die Arme.)

Zwanzigster Auftritt.

T h e r e s e. M a r i e dann M a r g a r e t h e.

M a r i e. O meine Schwester! — meine Therese!

T h e r e s e. Marie! (rufend) Mutter Margarethe! Mutter Margarethe! — kommt schnell! — o wie glücklich ich bin!

M a r g a r e t h e (herzueilend). Nun! was gibt's?

T h e r e s e. Meine Schwester! Ich habe meine Schwester gefunden!

Margarethe. Deine Schwester!

Therese. Da, da!

Margarethe. Die Frau vom Hohlweg da droben?

Marie. Wo bin ich? — Du hier, Therese?

Margarethe. Ja, sie ist bei mir, bei der Mutter Margarethe. Ihr kennt mich nicht?

Marie (ein wenig beschämt). In welchem' Zustande mußt Du mich wiederfinden, Therese?

Therese. Er hat Dich also sehr unglücklich gemacht?

Margarethe. Man sieht es ja. — Kann man eine Frau so gekleidet gehen lassen? Er hat Euch also Alles durchgemacht, der Schuft?

Marie. Stille, ich bitte Euch — wenn er zurückkäme!

Margarethe. Wie? Ihr seid noch nicht von ihm frei.

Marie. O wenn Ihr ihn sähet, würdet Ihr nicht so sprechen, Frau.

Margarethe. Ich würde ihm Sachen erzählen, ihm den Text lesen! Geht!

Marie. Bedenkt, daß ich ihn erwarte, daß er mich holen wird.

Therese. Dich holen! — nein! ich werde Dich schützen, Dich vertheidigen — ich bin die jüngere! ich habe Muth! Ich werde es Dir beweisen, Dir, ihm, der ganzen Welt! Zwischen uns gibt es keine Trennung mehr!

Margarethe. Gut gesprochen! Ich hätte es nicht besser gekonnt.

Therese. Was? Du willst Dein Loos noch fernerhin an diesen Unwürdigen knüpfen?

Marie. Ich muß. Meine Pflicht bindet mich.

Therese. Unbegreiflich!

Marie. Es wird eine Zeit kommen, wo Du verstehen lernen wirst, daß eine Mutter den Vater ihrer Kinder nicht verläßt!

Therese. Deine Kinder? Und Du sagtest nichts davon?

Margarethe. Zwei prächtige Kerlchen! Wo sind sie?

Marie (Zeigt auf die Scheune. Da! da! (Peter erscheint im Hintergrund und läuft gegen seine Frau.) Mein Mann!

Einundzwanzigster Auftritt.
Vorige. Peter.

Peter (verstört.) Es ist kein Mittel zu entkommen! Wir sind umringt von allen Seiten! — Sie suchen Dich, sie sind auf Deiner Spur, sie kommen!

Therese. Was muß ich hören?

Peter. Therese hier!

Therese. Ja, und zur rechter Zeit! Marie ist in Gefahr! Wie? Warum?

Peter (sich umschauend). Da sind sie schon. (Zu Therese) Rettet sie, schützt meine Kinder!

Margarethe (die in die Scheune getreten, kommt mit ihnen zurück.) Ich werde sie besorgen. Geht in's Haus.)

Therese (nimmt Marie bei der Hand.) Schnell! — schnell! ins Haus!

Marie (will Peter mitziehen). Komm! komm!
Peter. Nein! — mein Platz ist hier an dieser Thüre!
(Therese mit Marie ab.)

Zweiundzwanzigster Auftritt.
Peter dann die Landjäger.

Peter. Unglücklich ist derjenige, der es wagt — (Macht einen Schritt vorwärts und schwankt.) Nun! — sonderbar! — Was habe ich denn? Der Kopf dreht sich! — ah, die Ermattung! — der Hunger! ja, der Hunger! — Wie das weh thut! Marie — und die Landjäger! ach!
(Zwei Landjäger rücken an. Peter macht eine letzte Anstrengung und fällt besinnungslos vor Margarethens Hausthüre zu Boden. Die Landjäger entfernen sich. Robert kommt aus der Fabrike, von Fuchs begleitet.)

Dreiundzwanzigster Auftritt.
Peter. Robert. Fuchs.

Robert. Laßt mich doch in Ruhe, sage ich Euch! — Ich habe von Euch weder Befehle noch sonst etwas anzunehmen. Ich habe meine Rechnung und meinen Lohn verlangt, wir sind quitt. Ich bin meiner selbst Meister; ich bin frei, die Arbeit langweilt mich; ich will meine Idee, die ich habe, durchführen!

Fuchs. Nicht der Fabrikaufseher spricht nun mit Dir, es ist ein Freund, der zu Dir spricht.

Robert. Ein Freund? — möglich! — ist mir ganz gleichgültig; ich will nun einmal die Fremde, die Welt sehen; ich will den Geist und die Beine in Bewegung setzen, deßhalb verlasse ich die Spinnerei.

Es ist ausgesponnen hier und abgesponnen! Alle Fäden sind entzwei!

Fuchs. Aber wie willst Du es anfangen, auf vernünftige Weise die Welt zu sehen?

Robert (verlegen.) Nun, nun, ich —

Fuchs. Nun, was?

Robert Bei Gott! — das ist bald gesagt, ich werde —

Fuchs. Wo gehst Du hin?

Robert. Wohin? Dummheit! ich gehe — ich weiß es noch nicht — aber ich werde der Wege genug finden —

Fuchs. Siehst Du, Kind, ich habe gelebt; ich kenne die Menschen, wie wenn alle meine Brüder wären. Es gibt in der Welt nur zwei Klassen von Menschen, solche, die Geld haben und solche, die keines haben. Die Letztern riechen die Erstern oft stundenweit; heften sich an sie an, wie die Kletten, berauschen und rupfen sie, Robert, machen ihnen den Kopf voll mit Freundschaft und Großmuth und anderm Tollwerk und wenn sie dann gerupft sind, dann ist's aus! Nicht gesehen und nicht gekannt! Kein Geld, keine Freunde, das ist die Gefahr, die Dich bedroht, und vor der ich Dich behüten will.

Robert. Ach, wenn die Sache so steht, dann will ich wohl. Ich gebe Dir mein Geld aufzubewahren. Trage Sorge dazu.

Fuchs (sich spreizend.) Du bist jung, Robert!

Robert. Jung und unerfahren —

Fuchs. Die Arbeit langweilt Dich?

Robert. Zum Davonlaufen!

Fuchs. Ich bin auch Deiner Ansicht.
Robert (überrascht.) Wie?
Fuchs. Du willst eine Idee durchsetzen?
Robert. Ja, ja!
Fuchs. Ich halte mit.
Robert. Noch heute früh sagtest Du mir das Gegentheil.
Fuchs. Gleichviel — ich gehe mit Dir.
Robert (noch überraschter.) Der Teufel! Das kommt mir unerwartet! Aber Dein Platz?
Fuchs. Ich habe Urlaub, meine Mutter pflegen zu dürfen.
Robert. Und dann?
Fuchs. Deine Unerfahrenheit rührt mich; ich will Dein Führer und Leiter sein, ich will Dich lehren, wie man sich vor den Schmarotzern hüten soll, die sich stets auf Kosten der Dummheit fett machen. Ich will Dir zeigen, wie man sein Geld mit Verstand verthut, mit jenem Schick, der den gebildeten Menschen vom gemeinen unterscheidet. Ich hoffe, daß man einst sagen wird: Seht da den Monsieur Robert, den Zögling von Meister Fuchs!

Vierundzwanzigster Auftritt.
Vorige. Oberst Wild.

(Peter, der allmählig zu sich gekommen und zugehört hat, erhebt sich plötzlich und leiht dem Gespräch seine ganze Aufmerksamkeit. Oberst Wild tritt während den letzten Worten von Fuchs auf, steht erstaunt stille, die Beiden hier zu finden und betrachtet Alles, was hier vorgeht.)

Robert. Ich nehme es an, ich nehme es an mit größter Dankbarkeit.

Fuchs (für sich.) Den habe ich! (laut) Vertraue mir, mein Freund, ich werde Dein Führer, Dein Lehrer sein.

Robert. Sei es! ich vertraue Dir.

Fuchs. Du gibst mir Dein Geld zur Aufbewahrung.

Robert. Ich kann es in keine bessere Hände legen.

Fuchs. Ich werde Dir die ächte Lebensweise lehren. Zwar wird das Geld höchstens für ein halbes Jahr hinreichen.

Robert. Zwölfhundert Franken für ein halbes Jahr?

Fuchs. Du zögerst?

Robert. Nein, nein! Aber das Ding ist gesalzen und gepfeffert. Ich hole das Geld bei Therese, die es in Verwahrung genommen. O wir werden ein Leben führen, wie die Götter im Himmel!

Fuchs. Noch schöner mein Freund auf Erden! (Robert wirft ganz außer sich die Mütze in die Luft und will in das Haus Margarethens eintreten. Oberst Wild will ihn zurückhalten. Peter kommt ihm zuvor und wirft sich zwischen Fuchs und Robert, welch Letztern er beim Arm erfaßt.)

Peter (zu Robert) Schau mich an, Jüngling, Schmerz und Leiden in meinem Angesicht müssen Dich zum Mitleiden bewegen. Nun! (auf Fuchs zeigend.) Höre, folge dem Rathe dieses Menschen und bevor ein Jahr vergangen, werden Lumpen Deinen Leib bedecken, Deine Arme der Arbeit entwöhnt, Dein Leib durch die Trägheit und Ausschweifung entnervt werden!

(Fuchs macht eine Bewegung.) Fuchs, o unterbrich mich nicht! Ich verbiete Dir, mich zu unterbrechen, wenn ich die Wahrheit sage! Ja, die Wahrheit, die Dir die Bläſſe in das Geſicht jagt, die Dich ſtumm an den Schandpfahl des Verbrechens nagelt! — Erkennſt Du mich nicht? — Ja, das Unglück hat mich ſchnell verändert! — Du ſuchſt Deinen Gedächtnißkram zuſammen, um zu errathen, wer ich bin! Muß ich Dir ſagen, wer Du biſt? Ein Verführer der Jugend, der auf Koſten der Andern lebt, ſich bereichert und das Geld Anderer mitverzehren hilft, das nicht Dir gehört! — ein elender Heuchler, der ſeine eigenen Laſter zu verdecken weiß, während er die Fehler Anderer am lichten Tag ausbreitet! (Zu Robert.) Was Du heute biſt, das war ich, bevor ich dieſen Elenden kannte. Was er aus mir gemacht hat, das wird er aus Dir machen, einen Vagabunden!

Robert. Ein Vagabund!

Peter. Und weißt Du, was das heißt, vom Zufall geleitet, von Stadt zu Stadt, von Dorf zu Dorf, ohne Heimath, ohne Heerd umherzuirren, ohne ein Stücklein Brod für die Frau, die Mutter ſeiner Kinder? — Die Wuth! Die Verzweiflung! — Der Raub oder der Straßenbettel — das bleibt, ſonſt nichts mehr! Das Almoſen! Und wenn ein Verbrechen, an Deiner Straße, die Du gehſt, begangen wird, ſo biſt es Du geweſen; Du und Niemand anders! Du kannſt nicht mehr zurück, Du kannſt nicht mehr der ehrliche Menſch, der treue Arbeiter von vorher werden. Man klopft an der Pforte einer Fabrike an, man läutet, man bittet den Aufſeher um

Arbeit. Euere Papiere? antwortet dieser. — Schriften! — ein Vagabund hat keine Schriften. Und der, der mir dies gesagt, er wird auch Dir es sagen, Dir später, wenn er Dich ausgesogen. Er ist's, der mich unglücklich gemacht, der mir den Bettelstab in die Hand gedrückt, der auch Dich zu verderben sucht — da steht er, Fuchs! der elende Fuchs!
(Fuchs, der den Vagabund nicht mit den Augen verlassen, erkennt ihn plötzlich.)

Fuchs. Peter Winkelmann!

Peter. Erkennst Du mich endlich? Ja, Peter Winkelmann, der eben vor diesem Hause vor Schwäche und Hunger niedergesunken, hat seine Kraft wieder erlangt. Abscheu und Wuth haben ihn wieder gestärkt! Du bist in meiner Gewalt, Fuchs. (Wirft sich auf Fuchs, den er zu Boden reißt. Oberst Wild und Robert werfen sich auf Beide, um sie zu trennen.)

Fünfundzwanzigster Auftritt.

Vorige. Marie. Margarethe. Therese. Harder. Landjäger.

Marie (durch das Geräusch aufmerksam gemacht, stürzt mit Therese heraus.) O mein Gott! Peter! — Peter!

Harder (noch im Hintergrunde bezeichnet Marie den Landjägern.) Das ist sie! Verhaftet sie!

Peter (stellt sich vor Marie hin, um sie zu vertheidigen.) Sie?

Harder (zu Marie.) Wer seid Ihr?

Therese. Meine Schwester!

Peter. Mein Weib!

Harber (ihn argwöhnisch betrachtend.) Ah, Euere Frau! Aber Ihr? Wer seid Ihr?

Oberst Wild (dazwischentretend.) Mein neuer Fabrikaufseher.

Alle. Wie? Wäre es möglich?

Wild. Was das Goldstück betrifft, das so vielen Aufruhr verursachte, hat Peter Winkelmann von mir auf Rechnung empfangen.

Peter (von Freude ergriffen.) O mein Herr!

Oberst Wild (zu Peter.) Ruhig!

Peter. Träume ich?

Oberst Wild (gibt Fuchs Geld.) Da, was ich Euch noch schulde; da für vierzehn Tage Kundfrist. Ihr seid frei.

Fuchs. Ihr schickt mich weg, Herr?

Oberst Wild. Ich jage Euch fort!

Margarethe. Ah, das ist wohlgethan! Er hat's verdient!

Oberst Wild. Robert, wollt Ihr ihn begleiten?

Robert. Meine kleine Therese verlassen? Nimmermehr?

Fuchs (zu Robert.) Dummkopf!

Robert. Spitzbube!

Fuchs. Ich gehe nach England.

Robert. Geh, für Dich ist's hier abgesponnen!

Margaretha (schlägt ihn mit ihrer Fuchtel an die Beine und führt ihn in den Hintergrund des Theaters.) Geh! vorwärts! schneller! immer schneller!

Die Bauern (hinter den Coulissen schreiend.) Sie haben ihn! Sie haben ihn!

Harder. Was ist's? Was gieb'ts?

Margarethe. O es ist der Brandstifter, den man herbringt. Ist es vielleicht ein Freund von Meister Fuchs?

Sechsundzwanzigster Auftritt.
Vorige Bauern und Arbeiter.

(Die Bauern treten im Hintergrunde, auf, die Arbeiter kommen aus der Fabrike.)

Erster Bauer. Es ist ein Glück, daß wir ihn erwischt haben!

Zweiter Bauer. Es hätte ein Unschuldiger dafür büßen können..

Erster Arbeiter. Wo hat man ihn hingebracht?

Erster Bauer. Soeben wird er auf das Gemeindehaus geführt.

Marie (zu Oberst Wild.) Mein bester Herr! Ihr habt mir meinen Gatten und meinen Kindern den Vater wiedergegeben! —

Peter. Wie kann ich Ihnen dafür danken?

Oberst Wild. Indem Ihr das Vergangene vergeßt. Euere Hand, Peter Winkelmann!

Peter. Wie — meine Hand?

Oberst Wild. Der Arbeiter dem Fabrikherrn. Es hat der Reiche wie der Arme eine Pflicht zur Arbeit.

Peter (ihm kräftig die Hand schüttelnd..Gruppe.) Sie haben mich wieder zum Menschen erhoben; ich werde das nie vergessen!

Oberst Wild.

Wie läftig ift fich-felbft der Müßige:
Einft finkt des Mangels eiferner Scepter fchwer
Ihm auf den Nacken; Glück und Ehre nur
Sind die Gefährten der muntern Arbeit!

(Der Vorhang fällt.)

In der **F. A. Stocker**'schen Verlagshandlung in Frick
sind erschienen und durch alle Buchhandlungen zu beziehen:

Robert Weber's Gedichte.

16½ Bogen feines Velinpapier in Klassikerformat.
Preis: brochirt in elegantem Umschlag   Fr. 1. 50.
in elegantem Einband   „ 2. —.
in engl. Einband mit Goldschnitt u. Goldtitel „ 3. —.

Robert Weber's Neue Gedichte.

14 Bogen auf feinem Velinpapier in Klassikerformat.
Preis: brochirt mit elegantem Umschlag   Fr. 2. —.
in elegantem Einband   „ 2. 50.
engl. Einband mit Goldschnitt u. Goldtitel „ 3. —.
Beide Werke zus. in feinem engl. Einband   „ 5. —.
eleg. gebunden Fr. 4. — brochirt Fr. 3.

Wir übergeben und empfehlen hiemit der Lesewelt diese neuesten Werke unsers bekannten vaterländischen Dichters. Die Kritik hat ihre Stimme bis jetzt im „Bund", „Handels-Courier", „Schaffhauser Tagbl.", „Zofinger Volksbl.", „Eidgenossen," „Schweiz", „Emmenthalerbl.", in den „Literar. Mittheilungen" von St. Gallen, in den „Kathol. Schweizerblättern für Wissenschaft und Kunst", im Bremer und Königsberger „Sonntagsblatt", in der „Elberfelder Ztg." rc. darüber abgegeben; auch haben L u d w i g U h l a n d und E. L. Rochholz in sehr anerkennender Weise sich geäußert. Rochholz stellt Weber unserm Gottfr. Keller keck zur Seite. Von dem zutreffenden Urtheil dieses geistreichen Literaturhistorikers überzeugt, zweifeln wir nicht, daß R. Webers tiefgefühlte, durch Schönheit der Form sich auszeichnende Dichtungen in der poetischen Literatur der Gegenwart einen h o h e n R a n g einnehmen und recht viele Freunde gewinnen werden.

R. Weber's Neue Gedichte bilden 4 Bücher: I. Romanzen und Balladen. II. Natur und Heimath. III. Torquato Tasso's Nächte (ein neuer Cyclus der im I. Band erschienenen „Elegieen und Liebeslieder"). IV. Welt und Gemüth. — Drei Lieder von Beranger. Die Adler Frankreichs. 1. Gesang.

Wie die „Neuen Gedichte", so sind auch die „Gedichte" in 4 Bücher eingetheilt: I. Natur und Heimath. II. Liebe. (Aus T. Tasso's Nächten.) III. Welt und Gemüth. IV. Gestalten.